主编 凌翔　　　　　　　当代著名作家美文自选集

醒寂与花同

周苇杭 著

民主与建设出版社
·北京·

© 民主与建设出版社，2019

图书在版编目（CIP）数据

醒寂与花同 / 周苇杭著 . —北京：民主与建设出版社，2019.12
ISBN 978-7-5139-2781-9

Ⅰ.①醒… Ⅱ.①周… Ⅲ.①散文集—中国—当代 Ⅳ.① I267

中国版本图书馆 CIP 数据核字（2019）第 248372 号

醒寂与花同
XINGJI YU HUATONG

出 版 人	李声笑
著　　者	周苇杭
责任编辑	周佩芳
封面设计	陈　姝
出版发行	民主与建设出版社有限责任公司
电　　话	（010）59417747　59419778
社　　址	北京市海淀区西三环中路 10 号望海楼 E 座 7 层
邮　　编	100142
印　　刷	唐山楠萍印务有限公司
版　　次	2020 年 1 月第 1 版
印　　次	2020 年 1 月第 1 次印刷
开　　本	710 毫米 × 1000 毫米　1/16
印　　张	13
字　　数	200 千字
书　　号	ISBN 978-7-5139-2781-9
定　　价	49.80 元

注：如有印、装质量问题，请与出版社联系。

目　录

第一辑　缱绻花香欲破禅

花开朵朵禅　002
陆凯的梅花　005
梅花三弄　009
苇杭探花　013
闲观落槿更簪花　016
雪艳桃花　019
菡萏香消翠叶残　023
我来梅未花　026
草色遥看　032
故乡的扫帚梅　035

凌乱辛夷　042
逢春　044
邂逅庄周的蝴蝶　047
就这样理解了那个雪夜访戴的人　051
与苇杭书
——临流照影或举杯邀月　055

第二辑　布衣蔬食自甘芳

餐花记　062
食笋记
——从形而下到形而上　064
我的茶，醒了　067
清蒸嫩草与般若汤　071
今又重阳　079
岁岁有今宵之月想　083
关于初雪、落叶和香格里拉的急就章　085
春欲暮　087
问道"稻花香"　090
桃源一梦　094
暗香浮动月黄昏　097
与谁同坐
——凉榻诞生记　099
买了九棵白菜　104

第三辑　我见青山多妩媚

再拜陈三愿
——镇江归来话镇江　110
悟道金山寺　116
山中方一日　122
天哪　127
不知落叶满长安　132

第四辑　明月何时照我还

世事总是在拐角处出人意表　138
秋之别调　141
桃花叹　143
快乐渺似扁舟小　145
钓月，担花，归去来　147
从杨柳依依到雨雪霏霏　151
明月何时照我还　156
一瓢饮
——唱给自己听的辞旧歌　162

落花天　165
潋滟春芳　170
某某书院读树记　176
你看，时光那翻云覆雨的手
——写在16与17的交界点上　182
翡翠胎记　188
我与故乡的量子纠缠　192

代后记：一袭风露半裙春　200

第一辑　缱绻花香欲破禅

花开朵朵禅

　　心形的叶子缘血管般的藤蔓儿蜗行。爬至窗子顶端便沿线作水平运动，而后，在转角处沛然而下，琅然若泉。绯红，润白，绛紫，间或在绿色的瀑流中嫣然巧笑，娟娟静好。金边瑞香，却如老僧入定，瞑然兀坐。不像牵牛花，日日予主人以欢愉。浴着晨光，一朵两朵，甚或七朵八朵，足以怡颜。无花的日子也好，看新生的嫩蔓儿，昨儿还在窗子的顶端，横放杰出地孤悬着，今日终于缠上了苍苍的老藤，顺流而下优哉游哉了。苟日新，日日新，又日新，是儒家典籍里的句子，该是两千年前为牵牛花量身定做的广告词了，当为卖花者言。风马牛不相及的胡思乱想，不禁令自己莞尔。

　　所在蜗窄，七星海棠只好偎靠书橱席地而卧了。青红的枝，柔韧，光亮，挂满了巴掌大的叶子，蓬蓬地倒伏一地，努力地倾着半个身子，追逐着南窗的日光。植物的天性大抵如此，不仅仅是葵花向日。茂盛蓬勃的枝叶间，粉红色的小花，零零落落，颇得天趣。自然，随意，散淡。其开也不示张扬，其谢也未有一丝惆怅。王摩诘《辛夷坞》诗云：木末芙蓉花，山中发红萼。涧户寂无人，纷纷开且落。明人胡应麟在《诗薮》中说，王氏此诗字字入禅，读之令人身世两忘，万念皆寂。窃以为七星海棠的宠辱不惊去留无意亦不让王维笔下的辛夷花，颇得禅趣。彼本是朋友旧年搬家时欲弃的赘物，知我有烟霞痼疾，乐得让我抱走。顶着漫天的大雪，宝贝般搂着讨来的便宜，深一脚浅一脚，十冬腊月竟出了一身的汗，却也乐而忘倦。开始，谁也不识这是什么花。一日无意闲翻历代花鸟图册，清六家之恽寿平的《秋海棠》直似她的写真，只不过叶片上少了白色的斑点而已。花市闲逛，又与之邂逅，园丁说此谓"七星海棠"，这才验明正身。庄子曾说，至人无己，圣人无名。我的一番按图索骥虽是庸人自扰，却也是乐在其中。

　　较之牵牛花的灵动，秋海棠的超然，朴拙的昙花愈显庄重。寂寞的岁月长，开花的时辰短。疑似烟花与长夜，爱情与婚姻，人生与日月与山川。

　　兔走乌飞倏忽半载。犹记院中那几株桃树如何霞光艳艳，把春色渲染到恼人的程度。开，谢，于一弹指顷。一阵清风几点碎雨，已是繁华落尽。花瓣离开花朵的过程不由自主。整日在院子里忙忙碌碌，进进出出，不经意间，发间裙上就缀了几点绯红。

　　现如今，窗台上竖起一排又一排的花架，枝枝蔓蔓繁盛得遮住了小半个窗子，那几棵桃树黯然的影子，需探出半个身子方见。日影从绿障中透过来，细细碎碎。照到摊开的书页上，别有趣味。对于花草的态度，我全然是无为而治。开花，结籽，任其自然爆裂，种子复归于泥土。牵牛花这才得享四世同堂。枯藤萧索，叶嫩花初，黄与绿，荣与枯，生与死，两两相对，是为野趣。

　　适有南归的大雁横过秋空，那一声声的嘹唳，惊扰了落在窗台上的小麻雀的闲适，"扑棱棱"飞上了树梢。喳，喳，喳——轻叩，当窗的白杨，那一树金黄。

此亦为秋声。

贪图秋阳的炽热，蜷缩于硬木椅上，效古人负暄捧卷，书没翻几页，日影早已偏西。书房里暮色溢满，手中一卷，云翳憧憧，已不可辨识。

起了身，在渐起的秋风里，惊觉久孕花胎的昙花，暗紫色的胞衣初绽，幽微的香气隐隐，月白的花瓣依稀。怒放在即。这是她落户以来第四次开花。去年国庆，今年五一，七月半，当下。

这株昙花与单位老陈的那株，乃同一母本扦插而来。彼则沉沉不语地绿着。此则一花，又花，再花。老陈说这也是花得其人。受之颇感惴惴。

按理说，植物的由花而果，与人的婚而子焉，目标高度一致，那就是绵延子嗣。像牵牛花的多子多福。而昙花只需折枝扦插即可。甚至不需要特殊的关爱。只需阳光、土壤、空气、水分足矣。可见昙花怒放，其意义绝非在植物学上，而是在于哲思。天地不言，却有大意存焉。昙花亦作如是观。

其坏也，华光四射，香雾迷蒙，惊魂动魄；

其灭也，羽衣飘风，惊鸿一瞥，神摇目夺；

旋开旋灭，予人以不可言说的威慑。

与之相对，美酒不宜，且已久不沾唇，只佐以清茶一盏。如水临月，主客双清。

牵牛花与昙花，都以刹那的光辉，照亮自我。且都像菊花一样，枝头抱香，槁而不零。她们一凡一仙，一俗一雅，一奉朝暾，一伴星辰，一如晨钟，一如暮鼓，遥相呼应，异曲同工。

越叠叠关山，涉迢迢远水——凌空而来。

秋深夜静，风凉露冷。花事虽阑，却幽香不减，更兼一窗明月。

皎皎空中孤月轮，却不知是谁人之蒲团！

陆凯的梅花

> **赠范晔**
> 折梅逢驿使
> 赠与陇头人
> 江南无所有
> 聊寄一枝春
>
> ——题记

  不管是枝杈纵横还是孤俏独立,想必,红梅粲若烟霞,白梅则玉艳琼葩。

  折花,寄远,为我——自迢迢的邈若河汉的南朝。

  灯下掩卷,安能不心驰神荡?

  在你把流泉谱写的松涛付与瑶琴,把潘江陆海收束于竹帛;推窗外望,雪意空蒙幽香暗暗,旋即振衣而起,循那蜿蜒而至的气息。

  陟山,涉水,都不消说。

南朝的冬季，由于雪的加盟而铅华尽洗。

绵密密，粉糯糯，染白，鳞鳞黛瓦，曲曲石桥，翘角，飞甍，长亭，水榭。一片，白茫茫。

披蓑的渔翁，寒江钓雪，把自己幻化为一尊汉白玉雕像；

戴笠的樵子，攀藤附葛进山采薪，几疑自己误入观棋烂柯的仙人洞府。

用不着九转金丹就飞升霞举置身于云街月地？

遥山堆银，远水涵墨，幽邃如禅，不可言说。

洋洋洒洒的白，漫山遍野。幽幽寂寂的黑，波澜不惊。

白的雪，如昼；黑的水，如夜。黑与白的交响，无声胜有声。还是把梅心惊破！

踏雪寻梅，实在是风雅至极的赏心乐事。少了知心契友的诗酒唱和不免令人沮丧。怅然间，灵光一闪，你，慧腕轻舒，一枝折得，交付疾驰的驿使，寄予雪裹冰封的陇头，哪管它山遥水阔！

哎，这个叫陆凯的书生，该有怎样一颗玲珑的诗心？

心有灵犀，南朝的你，一枝折得，璎珞在握，惹得梅花上的宿雪，纷纷坠落。

——月光般的，溪水般的，碎玉般的。

——于你，是曼妙的视觉形象；抵达一千五百年后的今夜，于我，却是琳琅在耳，冰壶见底的清澈！

你的使者，涉过风急浪恶的忘川，经隋唐过宋元历明清，穿越浩浩的时空！

跨下的追风神骏，载着濡有你的手泽的江南东风第一枝，一路芳尘。

嗒嗒的马蹄终于叩响了黄沙漫天的陇头！

陇头的我，注定，深宵不寐。

历经生生世世的轮回，我千劫百难不死的灵魂，就为惦念这枝——

南朝的梅!

南朝。水是眼波横,山是眉峰聚。

"横"字太香艳,像花间词;"聚"字又太哀婉,如司马长卿的长门赋。

——千年后的我在黄卷古籍中思忖。

还是杜牧说得好。

千里莺啼绿映红,水村山郭酒旗风。

南朝四百八十寺,多少楼台烟雨中。

自刘宋至杜牧所生活的晚唐,也就四百余年的光景,金戈铁马焉在,玉树后庭花归尘。

只有伽蓝古刹的暮鼓晨钟,在朝晖夕阴的山山水水间低徊萦回。

南朝,是你方唱罢我登场,城头变换大王旗的时代。宋齐梁陈,几十年就来一次天翻地覆的政权更迭。权贵龙骧,英雄虎战,无不充满令人掩鼻的血腥!

任何人都不能脱离时代,文人雅士亦不可避免搅扰其中,很难全身而退。

譬如被誉为"池塘春草谢家春,万古千秋五字新"的谢灵运(385—433),就因反抗刘宋朝廷被杀,时年刚刚四十九岁。

"跨两代而孤出",对诗仙李白产生深远影响的"乐府诗象"鲍照(412—466),出身寒微,抑郁不得志。曾高歌"对案不能食,拔剑击柱长叹息""自古圣贤尽贫贱,何况我辈孤且直",满腔忧愤溢于言表。终于被当权者借故杀害。时年也仅仅五十五岁。

被李白在诗中所深深怀念的"解道'澄江净如练',令人长忆谢玄辉"的谢朓(464—499),因不愿参与始安王篡位之谋,以三十六岁的盛年,被诬下狱而死。不能不令人扼腕!

倒是仙风道骨的陶弘景(456—536),弃朱门广厦而岩居穴处,以烟霞为侣，松鹤为伴，得以终其天年。齐高帝，梁武帝，都屡次下诏，敦请他出山，均被婉拒。他在《诏问山中何所有赋诗以答》中写道：山中何所有？岭上多白云。只可自怡悦，不堪持赠君。陶弘景的回答真是高蹈玄妙，与陆凯的梅花诗异曲同工，相映成趣。可以说二者互为表里，均有白露垂珠滴秋月的皎洁。

不知陆凯的这枝梅花，是否有提醒范晔，效张翰借秋风起而兴莼鲈之思弃官归隐，以远灾避祸的微言大义。一首清新隽永的小诗，缠缚上这么沉重的话题亦非我们所愿。

评论家们说，有一千个读者，就有一千个哈姆雷特。同样，对于陆凯的梅花，有一千个读者，也就有一千个范晔。想当年混沌初开就惊艳于这枝梅，就一厢情愿自作多情地武断，这就是我苦苦等待了千百年的那枝梅呀。我就是雪骨冰心足堪照耀这簇灿灿红英的范晔呀！

我的陇头，一无所有！

我空有漫天的大雪！

饰萎苔、荣枯草、落空山、沉塘坳

——从此我不再如斯喟叹！

我的漫天大雪，迷蒙了远山、粉妆了松林、玉砌了万里平畴

——这样旷阔的舞台背景，为只为迎迓天上人间遥寄的这枝梅呀！

初识中的惊悦。成长中的懂得。沧桑后的震撼。

融融泄泄中的孤独。觥筹交错后的暗算。

"肝胆相照"的背叛。冠冕堂皇的杀戮。

——饱尝或惯看。

当所有的感情都沦落到要用利益或金钱去度量，陆凯的这枝梅花怎能不成为我心灵的唯一栖息地，让我虔诚地皈依。

人海茫茫，谁是遥寄一枝春的人；茫茫人海，又有谁堪寄！

梅花三弄

壹　雪思

万花纷谢而毋使人心有戚戚乃至泪下,如颦儿一般,担了花锄、携了花囊、操了花帚来葬花——其唯雪花乎。

旋开旋灭,万千潇洒,竟不消美人的眼泪来葬伊。

塞北的雪,大先生曰如粉如沙,又说如包藏火焰的大雾——端的如黑旋风李逵般爽利天真。而在南国则呈明人笔下的仕女图般风流婉转,瞥一眼,我这边鄙之人恐怕身子都要酥了半边儿。王子猷雪夜访戴,孟浩然踏雪寻梅,哪一桩信手拈来下酒,都不免多喝个儿三杯两盏。

宋人卢梅坡说,有雪无诗俗了人。

雪,对我而言,易得,漫山遍野铺天盖地洋洋洒洒,诗,亦非难事。可接下来卢诗人又说,日暮诗成天又雪,与梅并作十分春。这个可难了。

一到下雪时节,我便不免触动旧疾,遥遥地,念起江南的梅花。忧来无方闲翻梅花图册,有一幅画,题曰插了梅花便过年,唯觉一股子冷香透纸而来,袅娜于襟袖间,有着前世今生的旖旎绵邈……

遂把冰裂纹瓷瓶蓄好雪水,我便坐等陆凯寄来的那一枝梅。

贰 暗香

闲,是真好。赖床、闲翻书册、连早餐也省了。十一点进膳,过午不食亦非难事。说是立春了,可怜巴巴的,午后又飘起雪来了。隔窗子望出去,一片银白。想立春那日,亦捋胳膊挽袖蒸春饼,剪蒜苗,摊鸡蛋。绿是嫩绿,黄是鹅黄,薄薄的春饼卷了,口齿噙香。末了,摸摸滚圆的肚腹,焉知不是囊括了三千里春光。连我班儿上的庸碌老妪都云,一筷子豆芽儿入口,满嘴都是春天的味道。自此,令吾对此姥如鲁肃再对吴下阿蒙,正冠整衣重新见礼。为其韵语,亦为那渺若南朝的春天。

南朝的春天,栖在名唤陆凯的书生驿寄的一枝梅花上。而我看窗外漫天的飞雪,寻寻觅觅,正为驿路上浮动的暗香,害着瘦瘦的相思。

大雪漫天,每一朵雪花,都是洁白的念想。惦念南朝,也太鞭长莫及,也太幽眇了。还是江南吧,和靖先生的孤山,西子湖畔的六桥,更有六朝旧都的梅花山,山顶素朴的观梅轩、旁侧的博爱阁浓墨重彩、飞檐上的风铃却雪野般清空——风过处,先是玉碎,接着便是心碎……

惜乎,旧年我去游赏,却是错了时节,漫山遍野,哪里有什么疏影横斜,尽是些老绿的叶子,憔悴不堪。亦如今日的况味,梅在江南,而雪在塞北;君已邈若梦寐,只留下我对着雪泥鸿爪怔呵呵地发呆。

遂又忆起宰相词人晏殊的浣溪沙:

  一向年光有限身,
  等闲离别易销魂。

酒筵歌席莫辞频,

满目山河空念远。

落花风雨更伤春……

于是再次点火,烹茶。酽酽的,沏上一壶。茶叶绿绿的,茶汤苦苦的。这,也是春天。

叁　酽念

"立春"不见春,"雨水"雪纷纷,北地无乃我泱泱华夏之化外僻地耶?雪,是兀自地,白,白了天,白了地,白了屋瓦,白了院中颓然的老树,连守着窗发呆人的心境,亦是,白皑皑。

不管六朝与民国的梅花的红,黄,白,绿。红是绯红,黄是嫩黄,白是粉白,绿则是绿萼托着月光白的花瓣儿,碧莹莹……

幸耶非耶,久远前的一个春天,我耳热心跳情迷意乱间得以一亲芳泽。前此后此,生命中所有的春天,都成虚度,都是浪掷。

而今又是梅花盛开的时节。我只从电视新闻里,网络博客上,报纸大幅彩图上,旁观,六朝故都的红男绿女呼朋引伴大张旗鼓地去看梅花。离群索居的我,只剩下扫雪烹茶的份儿了。

打开窗子,雪就飘进来了,冷风潇潇,雪花飘飘,细细品来,亦可感知春的气息,节气毕竟不同了。风虽冷,却非深冬那般刺骨,而是料峭的寒,湿润润的,像汪着的泪眼。雪花儿是扑人即化,红尘俗子亦身似维摩不着花(此句文后有注释)般美妙。头发上,脸上,唇上,手心里,一朵,一朵的雪花儿,轻轻落下,旋即融化,遗我以一滴草尖清露的幽和凉。还有一丝丝淡到欲无的甜。

仿若,春天的甜,梅花的甜。

说不得疏影与暗香，时光迢递河山渺远，六朝与民国安在。唯余我的臆想。遂用这一朵一朵的春雪来擦脸，洗眼，涂唇，春天便漾在脸上，闪在瞳仁里，润泽在唇齿间。我与梅花儿便折叠了空间的万水复千山，得以，观梅轩上观梅，美得那么孤凄；博爱阁飞檐的铜铃上，来听风吟，丁丁零零，仄仄平平，总难平。在伊是遗世独立，而吾之后来者总为之抑郁不平。

沉舟侧畔，病树前头，好比，大清的锦天绣地，朱耷唯有白眼相向了——无限江山春去也。

开者自开；谢者自谢；遑论六朝与民国……

还是赵州禅师说得妙，且吃茶去。

我的茶，恰也酽了。

注：身似维摩不着花：《维摩经》里讲到天女散花。舍利佛讲经，天女现身撒花，花落到菩萨身上便自己掉地上，落到弟子身上就粘住不堕，不管怎么用力都拂不去。舍利佛解释说："已离畏者，一切五欲无能为也；结习未尽，华著身耳！结习尽者，华不著也。"就是说人如果没有什么好怕的，自然欲望不能左右自己。过去的坏习惯没有摆脱，难免会受到物欲的牵绊。文中这里是化用了这个佛经里的故事，由于春天的雪花落到人的身上即融化，故而用了此典故。既有诙谐幽默的一面，又增加了文字的内蕴。

苇杭探花

　　说到花，苇杭的思维一下子就跳到"二十四番花信风"上了。我们老祖宗可真是浪漫到家了，就说"风"吧，什么熏风、惠风、杨柳风，就已经够柔够美的了。还嫌不过瘾，又别出心裁，冷不丁又"刮起"个"二十四番花信风"——带来花开喜讯的风啊！那什么，闭上眼，握着我的手，让我淡定一下，先，淡定。免得心旌摇荡醺然欲醉的。掰着手指头从小寒到谷雨数起，共八气（小寒、大寒、立春、雨水、惊蛰、春分、清明、谷雨），每气十五天，计一百二十日；一气又分三候，每五天一候，八气共二十四候。每候应一种花，一候梅花，二候山茶花，三候水仙花……简而言之，就是"始梅花终楝花"，又有一说叫"开到荼䕷花事了"。至此，我中华大地二十四番绮靡的花事才渐渐消歇。

　　花开有信，花开有期。我们中国这片土地上的花与这片土地上的人，心有灵犀，花不负人的厚望殷殷，人不负花的倾情绽放，二者仿若金兰契友，互为知音。

　　而那多情的风啊，就是人与花之间的信使，风应花期，不早不晚恰恰好。这边厢芳蕾乍舒，那边厢的人，不拘是在帘幕无重数的重宇别院还是山陬水湄瑞霭霏微的古刹梵宫，微风这佳妙的信使，不疾不徐，貌似不动声色实则比当下的微信还要迅疾，飘漾漾轻袅袅携来那或薄如蝉翼或渺若流云的花儿朵儿的气息，而你敏锐的嗅觉也在第一时间捕捉到微风惠赠的那一缕清芬。嗯，幽幽暗暗则是雪里梅香，粉香融融定是杏花红了枝头。得了花信的人，佳人便要横琴应答，或花前月下或水榭歌台；书生就要满斟绿醑，洒潘江倾陆海，谱写锦绣华章，惊圻一树芳蕾！更有日日修持的禅和子（后面有注释）闻花香而悟道，破茧成蝶的。这片土地上的花儿与这片土地上的人就是如此相得。

　　试闭目细想，自小寒至谷雨，这一百二十日，梅花当仁不让，率先以幽芳以丽蕊以琼姿，撩开白雪凄迷的序幕，继之怒放的是山茶花的丹葩，水仙花的清雅，瑞香花的迷离……而那一波一波的花信风啊，广袖轻拂，从平芜或青山上的每一棵棵上的每一枝枝上的每一朵，出发，携了枝枝叶叶、花花朵朵的气息，飘过郊野渡过长河，朝朝暮暮，暮暮朝朝，花香濡染了泥土的醇厚、溪流的清凉、更兼日色烘焙月露催芳。而后，这花信风婀娜的广袖啊，才柔情款款掠过你的衣裾、漫上你的眉睫——你的鼻息立刻被那飘飘渺渺若有若无、瞻之在前忽焉在后的神秘的气息所左右——你定了定神，蓦地意识到，是花开了。

　　不必姹紫嫣红寓目，大地上的你，与同样根植这片土地上的花花朵朵，本是弟兄手足，是知己。这花，不必见，仅凭花信风送来的气息，你就可以毫不费力地分辨出这风是从哪一朵花上起航。梅花、樱花、李花、楝花，不会弄错的，怎么会呢。就像接了远方朋友的信函，还要看了落款才知道是某某某写来的，那，彼此间还叫朋友吗？信在手上一搭，运笔的疾徐用墨的浓淡，瞄上一眼老朋友的音容笑貌都立马浮现出来——人与花，也是这般。

苇杭探花亦如此。

在二十四番花信风已过，荼蘼香消、楝花将阑的暮春时节，回顾下曾经的繁华，聊以自慰亦胜于无。

注：禅和子：指参禅的人。

闲观落槿更簪花

  青霭蒙蒙，残星隐退，晨光初吐，远山的轮廓渐次清晰。一队一队的大雁忧伤地，旷远地，开始了它们一年一度的迁徙。万里云天水阔山长，他们扶老携幼飞鸣着，呼唤着，牵挽着，踏上了漫漫的途程。掠过绿毯似的田畴，如练的长河，沙洲，人烟辐辏的市集，积木也似的鳞鳞屋瓦的乡村，馨香的渐次泛黄的一格一格的稻田……在清凛凛的晨光里，他们由远而近，又渐行渐远，直到隐没于天际。只剩下几缕青云，孤寂地，悠悠往复。我怅然地从空漠的天际收回那份辽远的牵挂，走下石阶，软踏芳草，草叶上碎钻也似的露水，瞬间打湿了曳地的裙裾——节气已然是白露了，暑气已残，秋意渐浓，薄罗的裙裳在晓风凉露中飘飘漾漾，窸窸窣窣，微凉，萧瑟，又有着些微的欣悦与隐隐的怅惘。

  庭前繁茂的木槿，亦是半梦半醒，露水汤汤。青叶碧翠，繁华着锦，无论绯红，淡紫，还是幽蓝，花瓣柔美，旖旎，更有大朵大朵的昨日开过的花儿，萎落尘埃。方生方死，方死方生，木槿以花季的二十四小时为生命区间，演绎着生死齐一的道家哲学。伊与别花不同，她的凋谢不是一瓣一瓣地袅娜随风，纷纷花雨；而是花瓣儿合拢来，状若待放的蓓蕾，把日色天光，阳光雨露，还有，赏花人软款的目光，——收进花房，珍藏密敛；而后，在斜阳暮色中，从芳菲的枝头跳入尘埃。不踌躇。不徘徊。更不曾忧伤与泪流。刚毅而绝决！噗噗有声。有烈士赴死的冷艳与慷慨。触目惊心！噗地一朵。一朵。又一朵。

是处人家的庭院，篱旁，桥头，水畔，随处可见木槿的幽姿。他们好像不当她是花儿，而是与野草，庄稼，葡萄藤，葫芦架，还有绿杨，垂柳，这些寻常草木毫无二致。鲜见有人在她的花前驻足，流连。他们，这小城的人们，做工的，务农的，或门前摆个小小巧巧的摊床，或是贩卖青蔬，瓜果，抑或针头线脑儿，小打小闹，宁静平和，不温不火。上班的，上学的，务工的，下田的，一样形色匆匆，走在晨光中或暮色里，走在绿荫或花香里，他们淡然而温宁。只有我这小城的客居者，多嘴饶舌，在晨曦微露或夕阳漫天时，向晨练的老翁或闲步的妇人追问：这是什么花儿？那是什么花儿？

——木槿！木槿！

丢下答案，如今早的木槿弃了昨天的残花儿一样，便不管不顾了，谁也不曾为之留步。

木槿朝荣暮谢，与之相处久了，我这小城的客居者，不止是晨夕相对，大有一日看三回的殷勤，能不情动于衷而形于外？俯下身，捡拾起一朵一朵的落花，摊于掌上，浓艳，饱满，沉甸甸，携了花与露的气息。最爱那幽蓝的一朵。盛开，该是粉蓝的花瓣，极富浪漫迷幻的色彩，涂抹过艳阳，浸润过雨露，依偎过层枝碧翠；蜂蝶为伊翩然起舞；鸟雀为伊婉转欢歌；对夏蝉繁星急雨似地嘶鸣，它亦曾隐忍、涵容；清风徐来，也曾用微颤的花枝，踩着节拍，应和起舞……良辰美景奈何天啊，奈何天已垂暮，夕阳已染红了天边。宿鸟联翩，闹喳喳地返回林中摇曳的小小巢窠；人家的屋瓦上已升起淡蓝的炊烟，一缕一缕，几乎连上了暮天新出的淡黄的弯月……郊野的远方暮霭霏微，放牧的农人，晚霞镀亮了草帽的边缘，给草帽镶了一道灿灿的金边儿；晚归的老牛，咩咩的羊群，羊群背后的团团烟树……皆笼在金色的光雾之中。

——是时候了，是辞别枝头的时候了。

木槿花的告别，不是流水落花的飘零，惨戚；木槿花的告别，如日落西山般安然，又金石掷地般绝决。不忧伤，不泪流。甚至，不踌躇。不徘徊。藏锋敛翼，孤注一掷！

大朵的落槿落在尘埃里，就如同种子落在土壤里。

我珍藏了这和光同尘的落槿，又采撷了绝早怒放的这一朵，绯红中透着幽蓝，轻轻簪在鬓旁。

长空又有过雁嗒嗒，在乡野的溪畔，在葳蕤的花木下，不由得抬头仰望，目光追随雁阵由近及远直至隐入层霄，收回的目光又随着清溪婉转，清流激湍，石青水白，卷着落叶缤纷，迤逦地投向那未知的远方。远方的秋山，秋意越发深浓。待征鸿过尽，雪，就该来了。

方生方死，方死方生，木槿以晨为春以昏为秋，以一日为一生；牵三连四念及自身，山河表里也不过是太白笔下的高堂明镜，万象为宾我为客，朝如青丝暮成雪，又何足道哉……乌发，素颜，幽花儿，一袭月白的罗裳，娉婷过清溪，隐入云蒸霞蔚的晨光，伴着一声幽幽的叹息。

雪艳桃花

没想到，林子根下的积雪那么平整，深厚，一脚下去竟没过了小腿。而这一排排的白杨树，根根都那么英挺，飒爽，俊朗，神清气爽地耸立在北国的青空之下。我常常透过它那萧疏蓬勃的枝条，忘我地沉浸于美丽的天空，高远，明净，广阔，心便柔曼的白云般在树梢游弋。此时日已平西，洁白的雪地也染上了淡淡的胭脂。几乎没有风，脖颈上大红的围巾也不再像那风中的旗，只有纷披的流苏在肩上微微浮动。雪后的气息像飞琼溅玉的山泉洗涤着肺腑，有着说不出的甘冽。手扶着的这株年轻的白杨的肌肤，光润，细腻，泛着淡淡的青色，似乎能感到树皮下有液汁在轻轻地流动。假日的校园静静的，只有麻雀在林中啁啾，上上下下，高高低低，左左右右。那啼鸣是清脆的，像金子一样在林子里闪闪烁烁。这时候我便无端地兴奋起来，感觉春天马上就要来了。

然而夜里我就被一种可怕的声音惊醒。那声音震天撼地，窗棂门扇一齐在它的淫威之下呻吟乃至哀号。北风在愤怒地咆哮着，地中央火炉里的火也同样怒发冲冠尖锐地呼啸着。我裹紧被子仍感到凉浸浸的，春天根本就没有来。

又是薄暮。

也许是由于火炉燃烧了一天,而不像平时那样半死不活地用湿煤封着,窗上的白霜竟然化尽了,现出了玻璃的晶莹。油亮的大公鸡站在外面的窗台上,紧一下慢一下地叨着玻璃窗,伴着叮、叮的声音,火红的冠子在有节奏地颤动着。渐渐地室内的光线暗了下来,该点灯了。一回首,蓝泅泅的暮色海水一般从明亮的窗子漫溢进来,悄没声儿的,火炕啊,立柜啊,圆桌面儿,桌面上的花瓶啊,一齐在蓝幽幽的波光里微微荡漾。推开门,我要把自己融化在这墨蓝的"海洋"里——坦荡荡的大平原上,海波也似的无际的没有任何遮蔽的长空,竟然深浓如海,暮色如海。"海上"升明月。一抬头就看见了那金烂烂的明月,浸润着那蓝蓝的"海波",蓝的越发蓝了,月亮也更加灿烂。燃着昏黄灯火的茅屋草舍此时便成了荡在海上的船。飘飘然,我也不由自主地在"海波"中潋滟。恍惚中,我又看见了春天的翅膀,翩若惊鸿。

看了秧歌儿,放了鞭炮,吃了元宵。春节,不是春天的节日吗?春天的节日都彻底的过去了,却依然是霜天雪地。收拾收拾该开学了,漫长的寒假终于结束了,春天还没有消息,对着没日没夜的大雪,心里快快的。

刮风了,刮得昏天黑地。上学的路上,逆着风睁不开眼,迈不开腿;放学时顺风却收不住脚。如果没有肩上那沉甸甸的大书包,自己就可以空中飞人了。

雪终于悄悄地开始地消融。上课间操时,日头底下感到了些许的燥热。天又嫩又蓝,风又轻又柔,可看看操场上的树,依然不动声色。

春天是什么时候来的?每年都想拉住它那梦幻般飘忽的霓裳,有时明明看见把它抓在自己的手中,刚要在阳光下展开这绚烂的霓虹,却发现依旧是两手空空。但是我知道,它就藏在那树后,尤其是门前那棵柳树。如果不是父母死活地把我拖回家去，那几日我就要守着柳条儿过夜。我知道春天就要在这儿发表它绿色的宣言。今夜在依依不舍地回家前我还仔细地看了看柳条儿，没发现什么异常。

早晨，我懒洋洋地背着书包上学，刚推开那七扭八歪无病呻吟的木板门，就杵在了门口。我看见了什么？门前那丛柳条儿笼上了一层鹅黄嫩绿的烟雾！揉揉眼那团绿色的烟雾在晓风中飘飘忽忽。妈妈，柳条儿青了！妈妈，柳条儿青了！我狂喊着。"嚼什么舌根子！一会儿迟到了！"对屋里传出的母亲的呵斥声我充耳不闻，春天真的来了！在我睡着的时候！眼泪一滴滴地淌在前襟上、手背上。也怨不得父母，就是昨晚我守在树下，难保不一时迷糊，也不一定就碰见春天的面。春天是神秘的！她不愿意让人看见她是怎样轻舒慧腕染绿枝条，她也许是怕羞吧，哪怕是对着孩子露珠一样明亮的眼睛。

一路上我就这样颠三倒四地想着。风儿吹在脸上真是暖和啊！穿过田野那条弯弯曲曲的小路，踏上去竟然有着酥软的感觉，猛抬头，天边的林子也绿蒙蒙的了。到了学校，也感觉到了什么叫鸟鹊喧噪。

这往后，我竟能在晨光曦微中醒来。实际上还没睁开眼我就听到了朦胧的鸟语：叽——叽——叽——，闪着光透着亮，隔着门窗，就像笼着云雾，透着神秘。一骨碌从炕上爬起，拔掉门闩，春色潮水般涌了进来。

春天不是看见的听见的而是感受到的，用心，不染尘埃不掺杂质的心；用全身张开的每一个毛孔——感受她清凉的湿润的染着露水青草桃花的微熏的气息，沾在你柔顺的发辫儿上、嫩滑的脸颊上、粗糙的校服上。

春天在孩子的眼睛里漾着绿水的波光，漾得人心痒痒的，以至于坐在教室里，心慌慌的。多好的阳光！多绿的树！映上晴窗的带露的桃花，花丛中飞鸣的鸟雀，鸟声中飘逸的花儿香——早已让我魂不守舍！老师仍在黑板前絮絮叨叨。朦胧中教室里木质的黑板、讲台、书桌板凳一瞬间仿佛都发了芽、吐了绿、开了花!

  乐极生悲,没料到冬天杀了个回马枪,雪又纷纷扬扬。不同的是雪再也存不住了,到处都是湿漉漉的,毕竟是春雪呀,绯红的桃花覆了厚厚的春雪,眼泪汪汪。

  一整天,我都在校园里游荡,光着头赤着手,任雨雪霏霏。

  不知为什么,多年以后,一想到春天,那混着花儿香的绵绵的春雪,春雪中袅着忧伤的冷艳的桃花,就令我粗糙麻木的心温柔细腻起来,软成一江春水,视野一时变得苍茫……

菡萏香消翠叶残

　　我的接天莲叶之碧，映日荷花之红，既非植于六月的西子湖，亦非庭前檐后的清水塘中。若是前者则有如织的游人装点画图，嘻嘻钓叟莲娃慰人寂寥；后者则是日常的家居生活，不疾不徐，慢条斯理，如溪流的潺湲静好——有挽着髻的妇人挎着满篮的青绿来淘洗；或者是远远的石桥上走来了江南女子，靛蓝的印花布裹着细柳的腰身，月白的花瓣依稀，随着踏在青石上的碎步，只在襟袖间闪烁其华。伊怀里揽着青缎滚边的锦衣绣袄，来清流中浣洗。溪水调皮地蹦跳地漫过锦衣，锦衣上的缠枝莲，便陡地艳起来，活起来，动起来，清溪亦流光泛彩。又恰好片云致雨，女子望望天，慌忙从水中捞了衣裳绞绞干，见溪上已挂起了千珠万串的雨帘，便顺手从水塘折了一枝偌大的荷叶，遮了头，归去休——雨雾中，只留下我，在岁月的河滩上，望着那窈窕的身影，发呆。又或者是清幽的夏月，菡萏初开，晚含而晓放。有名唤芸娘的女子，玄思妙想，以纱裹茶叶少许，藏于花心；月明置，清晓带露取出，烹清泉水泡饮，想一想都会醉得一塌糊涂！

嗨，我这里要说的荷花呀，不在水塘，不在月夜的西湖，她，大杀风景地开在油盐酱醋的橱柜上，且烟熏，且火燎，绿的绿，红的红，不凋，不残，不霜，不雪，依旧妖娆。这样说，多少有点唐突家母，因为这是她老人家一笔一笔描摹，废了寝食的杰作！现在说是老人家，那时伊还是三十余岁的妇人。如云的发，红润的脸庞，静雅娴淑。意念中的她本该是开篇那样灵慧婉约的江南女子，不知为何阴差阳错"贬谪"到这蛮荒之地，做了我们姊弟三个的守护神。要教书、要张罗一日的三餐糊上我们这三张嗷嗷待哺的无底洞、要系着围裙洒着碎米咕咕咕喂着三五成群的小鸡、要浆洗、要缝纫、要学习、要点灯熬油批改学生的作业……还要天天写毛笔字，画画！怎么应付得来！妈妈的画，除了装饰橱柜的荷花，我有印象的就是几张铅笔素描了。有张开大嘴嚎啕的小男孩，脸上滚着断线的泪珠；有怒吼着的中年汉子，疾风暴雨般地咆哮着；还有满头小辫子的维吾尔族小女孩儿，娇娇的，怯怯的，咬着唇，眼中蓄了泪，汹涌欲出，然而，终于忍住。看一回，就让我难过一回，无端地，把她认作自己的画像——分明是与弟弟发生争执而被父亲不问青红皂白蛮横地斥责后的委屈，隐忍……每每此时，邻家的大姐姐，那皎洁的女子，名唤月秋的，就隔了篱笆墙倾了身子牵了我的手去她家玩儿。五彩的塑料丝，在伊白皙纤秀的手上上下翻飞，变出无数的花样来：花手绢儿，天梯，手表，八爪蟹，盛开的野菊花……小小的我，眼花缭乱，目不暇接，往往是笑靥承了泪珠儿，而雨霁云散。

日子像那纷飞的大雪般，飘过，轻轻地落下，在旷野，老树，弯弯曲曲的乡间小道儿，低矮萧瑟的茅屋，高高的柴草垛，猪舍，牛栏，静静守在柴门旁的村犬的身上——静静地飘落，由洁白而污浊，消融，蒸腾，了然无痕。

……

日渐苍老的母亲不再执着地秉着画笔，甚至那橱柜上的荷花亦不知被何人"拔去"。玉溪生（李商隐）不遇，还有谁会在秋阴漠漠耿耿孤灯的夜晚，凭窗念远，残荷听雨。

平常人家的柴米岁月，她本应用来画画、走笔龙蛇的手，却更多地用来择菜，洗碗，擦地，喂鸡；在大暑天利用假期给父亲和我们姊弟、及鳏居的四舅的五个的孩子，一针一线地赶制棉衣。拆洗。晾晒。将僵硬了的旧棉絮一点一点耐心地整理，乡人谓之"咔嚓棉花"，亦即淘汰陈旧板结已没有保暖功用的部分，留下可以继续发挥余热的则令之蓬松起来，再在其上絮上一层白白的新棉。每每此时，大太阳高高照着，日复一日的炎蒸已使屋内成了蒸笼，母亲坐在柳絮般弥漫的棉絮中，大汗淋漓地忙碌着……

窗外，晴空万里，白云悠悠，偶一阵风过，亦不见清凉，唯有庭前的繁茂的扫帚梅摇曳成一片云锦，迎合着窗内母亲发上的棉絮的袅袅……

而今那风中袅着的，不复是棉絮的白，而是母亲的萧然白发了。

年华老去后才读懂，留得残荷听雨声，是一句忧伤的诗。

一夜秋风冷，重露繁霜后，不仅是红英落尽，翠盖愁损，而是芳踪难觅，渺不可寻……

再华美的人生也抵不过西风急，吹暮雨。

我来梅未花

倘是往年，过了正月半，苍凉的日光便开始妩媚起来，再冷峻的冰霜亦难一味地板着面孔而惺惺作态——在午后的日头下，少不了醉酒似地酥软，缠绵，汪成了一汪水儿。只有背阴的犄角旮旯儿的残雪还撑着严冬的架子。饶是这样，风刮到脸上仍是硬硬的，性急的姑娘们哪管它料峭风寒，忙不迭地换上被茫茫白雪、沉沉夜色所层层包裹的华服丽裳，松花，桃红，魏紫，姚黄，鲜亮亮地妆扮起来——抢在春花嫩柳之先，伶伶俐俐、妖妖翘翘地顶着寒风出了门。

可今年这话就说不得了，也许是过年早，节气迟，眼看就出了正月，天一日冷似一日，风竟像刀子似的，薄云，纷纷扰扰，雪花，袅袅婷婷，一朵，一朵，其来施施。我是把她作为美人来观，谁说只有男士看美人养眼，女子看女子，更是惺惺相惜，别有一番情怀。

早起，一出门，冷风扑得我一哆嗦，街上行人皆裹着厚厚的冬装，拱肩缩背；我也是羽绒衣，围巾，手套，全副武装，一样也不曾少。天色暝曚，雪花一朵，一朵，始则随风袅娜，是柔媚的，婉约的，使人爱怜的；惹得你不得不仰着头追随她的曼妙。没一会儿工夫，便急管繁弦起来，漫天飞扬，和着长风，劲舞狂歌。不知不觉，已是白茫茫一片了：苍黑绵延的远山，凝固的长河，积木也似的楼宇，长街短巷，行人的帽子，围巾，肩头，皆是银灿灿的一层。这雪是下得越发地紧了，扯絮搓绵。一路上，只听脚下的积雪咯吱，咯吱，有节奏地，响。路两旁的白杨树，在风雪中依然笔直地挺着腰身，春日明亮的绿，夏季碧森森，秋风中一树璨然夺目的黄金，而今只是落光叶子的萧疏；枝柯横逸的野榆，苍黑古拙的老松，漫天大雪中亦是素锦缠身，斑斑驳驳，老干，旁支，迎向风雪的一面，覆了莹莹玉雪，映衬背阴的枝柯，黑一半儿，白一半儿，水墨画也似的分明。只是不见了那一只只活泼的，胖嘟嘟的，小麻雀，到底有些落寞，我仔细寻了又寻，雪地，树上，一只也不曾见。想必是冻得躲在窝里，小脑袋还插在怀里睡觉呢。谁像我呢，大雪天，又难得是大礼拜，不在家里守着炉火，捧着热茶，却出来闲逛！就这样一路走着，瞧着，裹头的围巾已挂上了一层白霜，连眼睫毛亦是白白的，眨眨眼，睫毛上的霜雪纠结着。迷蒙的雪色下，老远就瞥见大教堂墨绿的浑圆穹顶，覆了一层极不均匀的白雪，明明暗暗的，顶端金色的"剑戟"，一副刺破青天锷未残的傲然，衬以清水红砖贴面的高大墙体，自是巍峨壮观。外观终是不改，内瓤却空了，去了牧师，散了信众，平素，周遭闹嚷嚷皆是扛着小旗举着喇叭的带队导游及游客；今儿倒好，旅游大巴车还未到，那份寂寥肃穆，着实难得。偶见三三两两的鸽子，悠然地在雪中觅食，间或咕咕叫着。据本土作家阿城讲，二十世纪二三十年代，本市教堂林立，城市的上空不时回旋着从大大小小教堂传出的悠扬的钟声，彼时，所有走在路上的外国侨民便当街停下脚步，虔诚地在胸前画着十字。在他沧桑的叙述中，脚下的土地，对我而言，简直成了异邦！乘着想象中此起彼伏的钟声余韵，绵绵飞雪中，我就这样闲闲地逛！再往前走，就是繁华的街市了。哥特式，罗马式，巴洛克式风格的

027

书店，商城，大酒楼，其中进进出出的人群，熙来攘往的，想必时辰也是不早了，所谓白驹过隙，一早晨的时光，就这样被我晃没了。街角穿得笨笨的，赛似北极熊的翁媪，守着报刊亭，一动不动，大理石雕像般；一捆捆稻草戳在地上，插满串串朱红的冰糖葫芦，气息是喜气的，甜蜜的，等待生意的小贩儿，虽然袖着手缩着肩，一声一声的吆喝却一点儿也不含糊；紫貂，短裙，细跟儿，长筒皮靴咯噔咯噔地响，是北方女郎的妖娆，乌鬓红唇，傲然地，迎着风雪；堪比长城之长的车龙，一辆紧衔一辆——喧嚣的都市皆披上了这纷飞的鹅毛大氅。

大雪漫天，纷纷，纷纷。天地静穆，万物萧瑟，鼎沸的市声仿佛亦因雪而消弭。这千朵万朵的雪花次第落在大地上的音韵，倒是要用心灵来谛听，敏感的，雪花般纯净的诗心；用梅花花瓣的初坼来应和，凝脂的或绯红的，舒蕾，绽放，浮动着暗香——否则便辜负了她。

嗨，绕了恁大一圈，到底还是说到了梅花，简直无可救药！那古典的，诗意的，古中国的芬芳的意向！这才晓得自己顶风冒雪所为何来——都市中，抑或雪野里，可有那一枝，嫣红的，怒放的，或含苞的，半妍的，梅花，在等我吗？被白雪所覆，却又欲盖弥彰，越发地香冷，雪艳。若是儿时的乡野，下雪时，山寒水瘦，天地莽苍苍，除却天边的野树，雪中犹见黑褐的底色，上下莫辨，浑然一色的雪国气象，恍若洪荒太初，混沌未开，孤零零地，雪野中只有我孱弱的，怯怯的，歪歪斜斜的脚印，前不见古人遗踪，后没有来者接踵，虽不至于像陈子昂一样怆然而涕下，茫然与寂寥总是难免的吧。倘若，那雪野中，竟隐着一枝梅花，这天地间深藏的，巨大的，芳菲的，秘密，无意中被我撞见，热泪盈眶乃至一滴滴洒在花瓣上，亦不可叱为矫情吧。自此明了，漫天大雪，每一朵，都是从迢迢碧霄来寻觅这贬于凡尘的雪中作花的奇葩。

寻踪觅迹，必然从寂寥的蛮荒的塞北，迤逦寻到了江南故地。那青山隐隐，秀水迢迢的江南，荡着轻舟画舫的江南，穿着蓝印花布的江南，细瓷茶碗里袅着茗烟，吴侬软语和着咿咿呀呀的管弦；蒙蒙细雨洗亮檐头的鳞鳞黑瓦，窄窄的、长长的嵌着青石的深巷，隐隐传来少女甜润的卖杏花的声韵……

君自故乡来，应知故乡事。来日绮窗前，寒梅著花未？只要是羁旅他乡的游子，不管是实实在在的地理空间的疏离抑或是文化心理上的孤独苦旅，这王维式的缱绻情怀，任谁都会有的吧？朱红的镂花透雕的木质花窗，被云鬓彩袖的女子轻轻开启，惊悦窗前的一树寒梅，孕了一身珠玉，淡黄的明月下，冷香袭人——这妍媚的，清寒的，而又暖意萦怀的家居生活，是属于唐代的，江南的，亦是属于后世每一个吟诵者的关乎温暖、馨香的花好月圆的故乡的惦念。

柳丝长，春雨细，花外漏声迢递；西风愁起绿波间，菡萏香消，翠叶减碧——在生死漫漫的崎岖神秘的轮回途程，我就这样与锦绣江南失之交臂。那灵魂深处的故乡呵！

戊子年农历的九月中旬，我终于如蛾破茧，挣脱了日常镣铐，忙中偷闲，辗转来到了江南故地。车窗外掠过一畦畦金黄的尚未收割的晚稻，荷塘，凋残的荷叶，低垂着，艳阳下仿佛嗅得到忧伤的气息，流水脉脉，泛着金光，时见一簇一簇苍苍蒹葭，在秋光中摇曳，不由上溯到《诗经》所记录的古老时光。这温润的，明净的，唐诗宋词般古色古香的江南的秋季，与我北国的飒爽，萧瑟，无边落木，迥异其趣。斯时，桂花花期虽已近尾声，但在金灿灿的阳光烘焙下，甜中带香，浓郁的香气，一波一波在风中荡漾，酒酿一样醉人。在这丹桂飘香的季节，掠过山脚水湄花事正盛的芙蓉，我却迫不及待的，特地去看梅花，不是痴人是什么。一路上，绿树红花，蝉声高唱。身穿纯棉半袖T恤，牛仔长裤，走急了，还免不了湿汗淋漓。这也是秋天吗？怎么可以！长在北国的我，不禁啧啧称奇。直到途经路两旁连绵不断的有六七层楼高的法国梧桐树，秋风阵阵吹着，一片，两片，无数片手掌形的枯槁的梧桐叶，大蝴蝶般，窸窸窸窣窣，纷纷坠地，这才令我找到秋天的况味。

尘世是如此的喧嚣，漫山遍野的梅林，却是这般的寂寥，与途经的游人如织的旅游景区比起来，真是阒无一人。又有谁能痴似我，在彼时来看顾梅花！甚至不能说是"梅花"，而仅仅是梅树。一身枯槁憔悴的老绿的叶子，颓然地与秋风虚与委蛇。而这，就是我所倾慕的一位诗人，侠者，慷慨赴死的奇男子的最终埋骨地。飞跃万重关山，泅渡了浩瀚的时光的海，我来凭吊。挥翰霞散，流光溢彩，读你的诗，口齿噙香，伴着泪水滂滂。典籍中初次与你邂逅，竟有春风遇桃李般芳菲妩媚的惊动！目涵春水，唇绽花蕾，鼻崇霄汉，气夺鬼神。端肃而不失温暖，亲切而又凛然不可犯。然而你的身后却又是这般的寥落。拣块台矶坐下，回味你波澜壮阔的生平，不禁悲从中来，不可遏抑。浩浩长风掠过漫山遍野的沉郁青苍，更兼悬于画亭飞檐上的风铃，丁丁零零，凝重而又清澈，孤寂而又伤痛，令人不忍闻听。前尘如梦，据说每每在公众面前，你伸纸泼墨的当口，无数仰慕你的红颜向你掷花如雨，我，可是那敛羞含香，甜蜜地击中你飘飘衣裾的一朵？就是在白雪飞扬，梅花恣意地开啊开，开成香雪海的季节，你的身畔，衣香鬓影，摩肩接踵，你必是越发地孤寂了！游人千千万万，又有谁是真正懂得梅花懂得你！唯有你与梅，相伴相惜。犹如俞伯牙与钟子期，演绎着峨峨兮高山，洋洋乎流水的相知相契。爱梅的你，在诗章里一再吟咏——究其实，你吟咏的是梅，更是你自己，冰魂雪魄，更无花态度，全是雪精神！你与梅，好似梅与雪，竟是一枚硬币的两面，一条河流的上游与下游，在袅袅兮秋风，洞庭波兮木叶下的江南故地，愚笨如我，在你的一再点拨下，是终于了悟了！

错置的时空里，错过梅花错过你，我来何迟呵！我来何迟！不是逢人苦誉君，亦狂亦侠亦温文；照人胆似秦时月，送我情如岭上云。龚定庵的《乙亥杂诗》中的这一章，我反复吟哦，呈给你这梅花一样的奇男子,直是一字不需移易!

时光漫漫,寒暑易节,星霜屡换,你就这样寂寞地守在这里——梅花开了,人山人海,与你无干;落梅潇潇,风住尘香,你越发地孤凄了。

塞北的我,惦念你,就像惦念曾经夜雨蕉窗共守一盏橘红灯光的相互依栖的亲人。那样浓郁的,不能释怀的乡愁也似的江南情结,亦是由于这是你的埋骨地呀。像蓝田,珍藏美玉,在心底,珍藏你。

蓝泅泅的暮色自山巅罩过来,倦鸟归林,秋风萧瑟,吹得满山树叶哗哗地响,风铃是摇得更加令人酸楚了!挥挥手,向江南故地作别,梅林作别,向你作别,明朝又是重重关山,千里烟波!

如果,在雪裹冰封的北国,你再看见一个女子,裙裳绵薄,捻白雪为经,以梅香为纬,亲手织就的绢帛,广袖婀娜,婷婷地依着广袤的雪野,你千万别误解她仅仅是因为庸常的爱美,她凌寒怒放的,只是梅花的心情。

我来梅未花——生在荒寒的塞北而殊以为憾的我,又何必作司马牛之叹呢!

梅与雪,本是一体的两面,梅须逊雪三分白,雪却输梅一段香——二者犹如陶渊明之于菊,刘伶之于酒,太白之于诗、之于月,血肉相连,岂容割裂。

照此算来,塞北的绵绵飞雪,何尝不是白梅朵朵!我的塞北,梅花已是漫山遍野!江南故地的梅花开了吗?你身畔的梅花开了吗?

隔着遥遥的时空,我山长水阔的问讯,在苍翠的空谷,云气一样缭绕,飘荡,音韵悠长,悠长……

注:其来施施:彼留子嗟,将其来施施。(《诗经·王风·丘中有麻》)。施施的意思是徐行貌;喜悦自得貌。

草色遥看

天涯何处无芳草，我竟是不信的。茵茵的绿，自荒原古道逶迤至泛黄的线装书到捧卷忘情的少年迷蒙远思的眼神，却如昨日一般，真真的。离离原上草，一岁一枯荣，虽出自青涩少年之手，今日反刍，竟觉皇天后土的浑穆雍容。

更早些时日，大概是七八岁讨狗嫌的年纪，脑后翘着两个小辫子，蹦蹦跳跳，有口无心扯着嗓门嚷着，天街小雨润如酥，草色遥看近却无——口里竟呼呼生风，发不出 su 与 wu 的音来。呵呵，正是豁牙漏齿的年纪。彼时，父亲每每从埋首的书桌前转过身来斜靠椅背乐不可支地回望着，我便受了鼓励一般，一首接一首的古诗吵嚷出来。诸如渭城朝雨浥轻尘……黄四娘家花满蹊……云云。日色如金，静静地从南窗斜射过来。日光中有万千微尘在旋舞，和着朗朗的童音。矮矮的土坯房，油漆斑驳的木框窗，本色的泥墁地，貌似雪白的石灰墙，花花绿绿铺着彩绘油纸的火炕，炕头堆叠整齐的大红大绿俗艳的铺盖，妈妈绣有彩凤起舞的洁白的圆桌布、流苏纷披，对着窗口，在春风中。海蓝的细脚长颈的有机玻璃花瓶，秉性孤高，站在圆桌面凤凰的背上，傲娇地摇曳着粉白的细碎的绢花……一切都恍若目前，那逝去的岁月，潋滟着波光。却承载于一句唐诗。

开始玩味，却是在草木萌动的年龄。春生万物，既是季节之春，亦是生命之春。天是多么蓝啊，漾着潾潾的波光，风是多么软啊，堪比嫩柳的腰肢。曾经萧瑟荒芜的乡野，到处都泛起蒙蒙的绿意，淡淡的，雾一样轻，烟一样薄，在野地里，在枝枝权权的灌木丛中，在天尽头；若有若无，飘飘渺渺，不动声色，却又浩浩荡荡。潜滋暗长。像极了某种情愫。

正是草色遥看近却无的生命之季。守着窗，支颐外望，风中绵软的柳枝漾着早春的气息。操场鼎沸，成群结队的同学，踢毽子，跳皮筋，追逐打闹，嘻嘻哈哈，绕着操场疯跑，一阵风似的，掠过。鹅黄水嫩的老柳树下，围成圈打排球的女生，笑语琳琅；掩映着篮球架下练习投篮的男生的健美的身姿……唯有你，遗世独立，驿外断桥边，黄昏细雨，独自愁。换了换姿势，生理期的不适，还在其次，更多的是心理上的无所适从。少年维特之烦恼啊，就像这早春的草色。无影无形，悄无声息，却又声势浩大，令人措手不及。熟识而陌生的少年。朝气蓬勃的脸。漾着绿霭的早春的郊野。在眼前不停地切换着镜头，晃荡着，重叠着。

校园的榆叶梅鼓起了羞怯的花苞。

校园的榆叶梅大大方方地开了，一朵一朵，开满枝丫。

校园的榆叶梅，粉白的花瓣，纷纷谢了，花雨落了一地。

伴着阵阵铃声，少男少女来来往往踏着落花，没有一丁点的怜惜。踩在脚下，踏进泥里，一瓣一瓣的落花呀！令人哽咽无语。

该绿的都绿了，该开的都开了，该谢的都谢了，四野葱郁，草长莺飞，已是飞絮蒙蒙的暮春。

晚霞在天边兀自烧得烂漫，隔着绿绿的野树林。鸟雀聒噪，乱劲儿好比离了老师监控的自习课。斜挎的大书包，带子放得低低的，书包正好挡在臀部。步履维艰，独自蹒跚在羊肠小路上。小心翼翼，回望着后面的同学，一阵阵地笑语，都令她惊心。怕人窥探了隐忧——她的裤子上，书包下掩着一朵殷红的花儿……青春的印记，那时的她，洁癖地嫌弃着，觉得是不可恕的脏污。

  青春啊，竟不是绿绿的杨柳枝，好花在枝头，只是一双忧郁的眼睛，孤独地凝望着我，在岁月的深处，水汪汪。

故乡的扫帚梅

　　扫帚梅这种植物的茎叶是颀长的,纤柔的,碧翠的。一丛丛,一簇簇,攒三聚四,摩肩接踵,无风也袅娜,有风更翩翩。如是春日,还没有花开,妍暖的风,慵懒地施施然而来,窗前红砖围起的满月般大大的花坛里的扫帚梅亦曼妙起舞,俯仰生姿。风疾也,则起伏着,澎湃着,风去也,亦荡着婆娑的涟漪。彼时的花坛,状若"绿水"之波澜。头上则是那无尽的一泻千里的,滔滔的蓝,天之蓝。故乡的蓝。万里蓝天之下,无垠的东北大平原之上,茂密馨香的植被所簇拥的方正的清凉瓦舍便是我那书声琅琅的校园。

　　回忆的镜头再一次推近,推近:书窗前,花坛畔,悄立着凝眸的少年。单弱而孤俏的背影。或淹没在课堂一片嘈杂的书声里或掩映在课间休息时操场的一片欢腾中。落花人独立。岁月的激流中,稳舵撑篙过险滩的间隙免不了仓皇回顾。那意境亦是苍茫,亦是忧伤,亦是晶莹剔透的落寞。澄澈的蓝天覆着一潭翠琉璃和翠琉璃边凝立的少年。这画面反反复复出现在我的心版上。挥之不去,亦真亦幻。简直就是一幅梵·高的油画。那样鲜明的色彩,那样浓得化不开的情愫。

画面继续展开。屋瓦下,向外开的木框窗,苹果绿的油漆,已是斑斑驳驳。靠窗的奶油黄的课桌,也好不到哪里去,仿佛是为了呼应窗户框的沧桑而人为的刻上刀痕笔迹:诸如课桌中央斩钉截铁的三八线,字迹模糊的蓝色油笔书写的俏皮嗑儿,或 $(a+b)^2=a^2+2ab+b^2$ 的数学公式……书桌的主人,一个十三四岁的女孩子,天真,懵懂,而又充满瑰丽的幻梦。常常望着窗外出神。

这样一个乡野少年,抱歉,在追忆的文本中,我一向不愿意把彼时的自己呼之为"少女",而是主观地代之以"少年"。因为在我或许偏狭的阅读体验中,"少女"这一称谓总是带有或多或少的玫瑰色的暧昧的不洁的气息。不是"少女"本身的不洁,而是潜伏在"少女"身后的觊觎的猥琐的目光。我干脆正本清源,以为明朗健康蓬勃的"少年",更能准确描摹彼时的我。原初,简单,明净的精神气质。不得不承认,少年的确是人生的黄金岁月。物质再匮乏,黄金少年亦不染人间的烟火气。柴米油盐一日三餐,这些不可或缺的形而下的俗事,有父母坚强的臂膀,扛着。因此,再贫寒的黄金少年也是明亮而忧伤的精神贵族。

而况,这春愁黯黯的时节。

花开也忧伤,花谢也惆怅。满腔的意绪压在心里。雪化冰消啦,杨柳堆烟啦,小麻雀也缓阳啦,再不是雪地里冻得哆嗦乱颤的可怜相,叽叽喳喳,跳上钻下,忙得不亦乐乎。桃啊杏啊,绯红啊淡粉啊如霞似锦吧,反正是美得一塌糊涂,让人顾此失彼恨不得多长出几双眼睛来才不辜负了这大好春光。那不绝如缕的情绪却说不出道不明。花非花,雾非雾,夜半来,是天明也不去。你说你不快乐,你说你莫名的感伤,同学会打趣你,譬如与我一同上学放学的卢静波,煞有介事地伸手摸摸我的额头,说,你也没发烧呀,怎么就开始说胡话了?要是我的同桌,猛张飞似的马青,会更客气地回敬我,是不是吃饱了撑出毛病了,怎么胡说八道了？少年是忧伤的季节。不知别人怎样，反正我是抑郁。不会对父母说，少年的我，尤其不擅长向父母言说心事。从不。常常对着校园里的景物发呆，出神。高耸挺拔的白杨树，参差披拂的杨柳枝，开起花来就奋不顾身的榆叶梅。扫帚梅却是个例外。在万物争春的时候，出奇地从容，冷静。不慌不忙，不怨不诽，也无心争奇，也无意逞艳。只是日上日高，日上日妍，出落得越发娉婷——孤注一掷地，绿。等到桃飘了李飞了杏花的妩媚也湮灭无存了，风里颠摇的杨柳亦褪了鹅黄浅碧而端方沉稳渐藏乌，春日的急管繁弦渐渐消歇，大地上的植被也浑厚了，稠密了，一场绮靡的花事算徐徐地落下了帷幕。扫帚梅才悄没声儿地在一泓碧翠中扬起美丽的花朵。单瓣的，轻盈的，灵动的，活泼的，甚至是顽皮的——在风中在油然一碧的茎叶间，闪烁。

  彼时，三五成群的孩子们课间时绕着长满扫帚梅的大花坛一阵风似的嬉笑着追逐着。爱花的女孩子则趁人不注意偷采了一大把扫帚梅花。上课时塞满了小小的铁皮文具盒。真是奢靡，也真是爱，对扫帚梅这种花的爱，年少的我们，还不懂，这种爱，其实是一种伤害。好在，扫帚梅宰相肚里能撑船，一点也不介意。此风愈刮愈盛，大家你也采来我也采，几乎每个女孩子的铁皮文具盒打开来，都是一片云锦，还有淡淡的植物的气息。就连有些粗枝大叶的男孩子也加入到怜香惜玉的队伍里，上课时还要特意地敞开盒盖，这样每个人的教科书或作业本旁都有一朵朵美丽的扫帚梅陪伴在侧。从六月到暑期过后的新学期的九月，乃至十月，都有扫帚梅在伴读。就是这样，扫帚梅也不见衰败，真是顽强，整个一乐天派。茎叶越发的繁茂，花朵仿佛会变魔术似的采也采不完。美丽的扫帚梅，单纯，天真，心无城府。八个瓣儿，拱卫着花心儿，没有重重叠叠，没有骚首弄姿，没有缠绵悱恻，没有充大腕玩深沉。而是一片烂漫天真。白色的，紫色的，绯红的，淡粉的，一朵，二朵，百朵，千朵，飘在油绿的茎叶间，在蓝天白云下，在澄澈透明的秋风中，花海般荡漾。真是大美！不是婉约，不是娇羞，不是香艳，而是飒爽，自有一股子勃勃英气充塞期间，有一种磅礴的气韵。

课堂上，有一盒盛开的扫帚梅在侧和我们一起晨读。四五十个学生何止是七嘴八舌，说是朗读，读着读着就近乎扯着喉咙乱喊了：风烟俱净，天山共色。从流飘荡，任意东西。自富阳至桐庐，一百许里，奇山异水，天下独绝。（与朱元思书）或者：春冬之时，则素湍绿潭，回清倒影。绝巘多生怪柏，悬泉瀑布，飞漱其间。清荣峻茂，良多趣味。（郦道元的三峡）……少年的记忆是如此的顽固，多少年过去，每每开卷，读到少年课堂上读过的锦绣文字，便联想南朝吴均写给朋友的信，分明开满了我的扫帚梅嘛，"自富阳至桐庐"才有如斯之美也！郦道元的三峡也一样。"清、荣、峻、茂"分明是给我的扫帚梅再贴切不过的评语呢！一千多年前的文字，就这样荣幸地濡染了扫帚梅的气息。

也许是有口无心的诵读，像露珠滋润着盛开在文具盒里的扫帚梅，离开枝头的花朵，生命力亦是出奇的强，好像三五日都不怎么枯萎，依然保有枝头的锦绣。而教室前的大花坛里的扫帚梅更恣肆、更蓬勃、更壮美了。纤秀颀长的茎，长有近一米高了吧，挂满镂空羽状的细碎的叶子，繁茂得简直就是一湖碧水，风来则荡漾、则汹涌、则波光潋滟，不是一泓碧水是什么？花枝从绿色的"湖泊"伸出，自然的，随意的，漫不经心地变出五颜六色的花朵来。花朵高出绿色的"湖面"，在风中摇曳。活泼泼的，喜盈盈的。大家都习惯把花喻为少女啦，美人啦，别个犹可，安在扫帚梅的身上，却大不相宜。实在要以花喻人的花，我看只有天真未凿的孩童差可比拟。风来啦，雨来啦，乃至下霜啦，也不见她颦眉落泪，依然活泼泼的，喜笑颜开的。刮风有刮风的乐趣，摇呀，飞呀，手之舞之，足之蹈之呀；下雨有下雨的好玩，喷泉呀，沐浴呀，戏水呀，八瓣梅，又得莲之趣了！下霜的日子，天地都板着脸，扫帚梅依然故我地，灿烂，颇不负波斯菊的封号……漫天的大雪来了，扫帚梅像贪玩的孩子，在母亲一再地呼唤下，才恋恋不舍地回家睡觉了。扫帚梅新月形的种子回到泥土里，美美地酣眠了。春天又兴冲冲地从家里跑出来，唱歌跳舞做游戏……

我少年时的扫帚梅开在故乡的庭院里，曲曲折折的乡间小路的两侧，学校的满月形的大花坛里，采下来后则开满书桌上的文具盒里……不仅如此，成片成片的扫帚梅还以稚拙的文字，盛开在我少年的作文里。诸如在《我的学校》或《校园的早晨》等类似的文章里，总以她的一湖碧翠荡漾的飞花为布景来展开馨香的学校生活……

对我而言，扫帚梅是故乡的，是校园的，是独独属于我的少年时光的。故乡蔚蓝的天，故乡明澈的风，故乡皎洁的月，故乡那懵懵懂懂的少年，及其所流连的一湖飞花，在时间的深处，忧伤地回望，隔了滚滚红尘，隔了岁月的苍茫，隔了沧海桑田之变——原谅我的语无伦次，原谅我的僭越，原谅我的涕泗交流！因为呀，"故乡"早已沦陷，"少年"早已两鬓风霜，就是号称不动产的承载我少年梦幻与忧伤的青青校园，也早已荡然无存。一砖一瓦，一草一木，无存，消失得那样干净彻底，仿佛，她们从来就不曾存在过一样。有谁呀，能在滔滔的时光之河里，逆流而上；有谁呀，能令瓣瓣的落花呀，返回枝头复习曾经的叶嫩花初的荣光——没有什么能够力挽时间的狂澜。帝王，还是力士，抑或号称万能被万千世人所虔诚膜拜的金钱？在滚滚的时代的大潮里，我们唯一能做的，就是载浮载沉，或者，望洋兴叹。唯有陪伴过我，照耀过我，芬芳过我，荡涤过我的那"一湖绿水"，荡漾于"翠湖"的缤纷的花儿，依然，天真无邪，烂漫花开……花开成海，轻轻荡漾，波涛起伏，云飞浪卷……

秋英，波斯菊，八瓣梅——据说是你的学名，抑或别称，在藏区，人们更多的叫你为格桑花。这是深深迷恋你的少年时代的我所不知晓的，它显然超出了我的知识范畴。困于边鄙一隅的乡野少年，曾以为你是我贫瘠的故土所给予我的内疚的补偿,是我的唯一。拒绝分享,不容别个来染指,仿佛,爱情。你是我今世今生不可替代的,爱。

一年的时间里,有大半年的时间在飘着白雪的故土,是那样令少年的我抑郁寡欢。漫天飞雪,万物萧然,咯吱咯吱走在雪地里,年少的我幻想着踏雪寻梅的意趣。显然,此时幻化在意念里的一树芳菲,不是陆凯驿寄的江南一枝春,而是与我耳鬓厮磨的你,扫帚梅。雪中作花的风骨,你有。在这乡野少年的心里。甚至,你羽状的细碎的叶子,在一篇以你的名字而命题的征文里,少年的我赋予你以松树一样的针叶,本来二者也确有几分神似,碧翠,且岁寒而后凋。飘在春水般碧绿的茎叶上,你的花朵亦有着莲的风姿。清人李渔说莲荷,"有风既作飘摇之态,无风亦呈袅娜之姿",这描摹的分明是你呀,你的茎叶比莲荷更纤柔,也更秀丽,你的花朵也比莲荷更娟娟,更活泼。千朵万朵的你,更乐于在风雨中翩翩起舞。记不清有多少次,这孤独的少年在雨中撑着伞,"临湖"观摩,默默地向你倾诉婉曲的心事。关于缠绵的友谊,关于鹏举的未来,关于云一样飘渺的情愫……让故乡的骤雨飘风,携了未被污染的大自然所固有的泥土、河流、青草、庄稼、及花花朵朵的气息,把我与你,与脚下的土地、头上的天空与流云,融为不可分割的一体吧。一呼一吸,一颦一笑,淌血流泪,举手投足,行走坐卧,甘或苦,荣与辱,乃至,生与死,都已经和你熔铸在一起,血肉相连,乡爱乡亲,打断骨头连着筋。

孔夫子所推崇的松之贞,彭泽令的菊之爱,濂溪先生《爱莲说》里所咏叹的花之君子,乃至渗透到华夏子孙的文化基因里的解不开剪不断的梅花情结,从芝麻之微到西瓜之大,一点不落地,这边鄙少年都一一投射到你的身上。在你的风姿里,我一一找到它们的投影,你也的确具有它们的神韵。

扫帚梅,我还是动情地唤你这具有土腥味的名字。扫帚的功用是除尘的,是不登大雅之堂的劳动工具。给你命名的显然是胼手胝足的劳动者。也许是高高的挽着裤管插秧的农夫，劳作的间隙里一眼瞥见了你，或者，是系着围裙忙里忙外洒扫的农妇，房前屋后遇见你，也不见得有多怜惜，只是觉得这花好看，耐看，又皮实，是属于咱百姓的花。秋天了，把她高高的秧棵拔起，草绳捆上，俨然一把扫帚，只是这扫帚开着朵朵的花。什么花呢，谁晓得，我乡里一辈子拴在土地上的农人，没见过什么高雅的花，梅花吧，看着与画上画的梅花也差不离。我乡人的梅花不是案头清供，而是用来洒扫庭除。真是大俗大雅，不吟诗，不作赋，不丹青，以梅为帚，来除尘。

我憨厚淳朴斗大的字都未必认得两筐的乡人的行为艺术，就属这个了。

老子说，天地有大美而不言，此之谓也。刻意而为的行为艺术怎么看怎么矫情，别扭，拙劣。而我的乡人，以梅为帚，唰啦唰啦，扫浮尘，落叶果皮纸屑，自然而然，浑然不觉有什么不妥。与显摆、别出新裁，哗众取宠，没有半点瓜葛。

灰头土脸，靠在墙旮旯的扫帚，都开花啦，什么花呀，就是清雅得要命，铁骨冰心的梅花呀！

扫帚梅所到之处呀，自然是，天清地静，朗朗乾坤。

凌乱辛夷

  头顶万古之蓝天,依傍四时之青山,俯临或渊深或澎湃的素湍绿潭,这株不起眼的辛夷树,春来则花开,春去则花谢,花开时少不了燕舞莺飞蝶绕蜂围,也是自然界之常态,遂不以为喜;花谢时萧萧瑟瑟门庭冷落也是理所当然,亦不以为悲;既不谢荣于春风也不怨落于秋天,自开自落自开怀——真个天不拘来地不管,洒洒落落、混混沌沌度春秋,倒也怡然自得。
  如此这般也不知过了几世几劫,也是这日合该有事儿,这人迹罕至的穷山辟野忽地响起了脚步声,伴着足音,山谷里鲜见地响起了抑扬顿挫的歌吟。辛夷树好奇地竖起了耳朵,其歌曰:

    木末芙蓉花,山中发红萼。
    涧户寂无人,纷纷开且落——

  真是多事啊,这自作多情的歌者!据说还是个一心向佛的诗人,既有庙堂之高的端严又有江湖之远的闲逸，该干嘛干嘛去呗，何必用忧思来打扰一棵树闲云野鹤的生活！

这诗人貌似超逸实则充满怨诽的歌吟，好比智慧树上的苹果，侵蚀了亚当夏娃的心灵，辛夷树也是瞬间凌乱。从此花开也忧伤，以素潭为镜，顾影自怜，总觉得少了一双深情凝视自己的眼睛而伤怀不已……春天去了，一瓣一瓣的花瓣风雨般飘零。可叹的辛夷树啊再也没有了往昔的从容，而是泪落如雨，如血，瓣瓣殷红……这棵辛夷树就这样终日被愁云惨雾所笼罩。

诗人的一首诗彻底地把伊逐出了心灵的伊甸园！

自此绮思不断纷至沓来——而撩拨人思绪的诗人却再也不曾光顾，一任伊望穿秋水……

珍重地开满枝桠，绵柔的熏风里痒酥酥的春阳下，每一朵都那样刻意，有企盼有娇羞顾盼生辉春心浮动，每一阵风过都惹得伊空欢喜一场，是那飘逸清癯的歌者来了吧，是吗，是吗——一颗心从极娱之峰巅又坠入失望之谷底，扑簌簌，花瓣便哗地落了一地……

七窍开而混沌死，那个名唤庄周的老头儿早就给后生小子们打过预防针了！叵耐后生们就是左耳进右耳出，依旧是改不了的精致淘气！

苦就苦了开了七窍的辛夷树了！

从无忧无虑的自然之子，蜕变为愁肠百结动辄哭天抹泪的林妹妹——我这后世的观者一如那茫茫大士渺渺真人，真想施展神通把伊移植到王摩诘的辋川别馆里，使之晨夕相对，暮暮朝朝，以了这则公案……

不怕风动，不怕幡动，就怕心动。心动必牵绊，牵绊则团团转——可悲可叹的辛夷树啊！

逢春

　　枝枝嫣红朵朵生香瓣瓣含情——绝不止是桃林。

　　只不过较之其他花木，桃花更为香艳而已。

　　由此想到古人把恋爱中的女子誉为"人面桃花"，真是形神兼备，堪称妙绝。不仅描摹出女子面容的娇美，更把欲说还羞绿水般荡漾的春情，借助朵朵桃花，渲染得清芬蕴藉，典雅雍容。貌似不动声色，味之又味，始觉尽得风流。

　　至于把男女间的情事，尤其是淫娃荡子的风流韵事，冠以"桃色新闻"，则是泛滥的人欲，对桃花的亵渎了。

　　一拍即合，如饥餐似渴饮。事过境迁，如云过无痕风走无迹。纯粹的生理活动，与精神无涉。不是动物而何？

　　逢春的草木决不如此。

　　她有冰雪中傲然挺立的风骨。

　　她有在漫漫长夜团团明月玉碎为点点寒星的失落。

　　她有沉沉如死冷冰冰的拒绝。

——若枯木，与足下木屐、灶中柴草，看不出任何分别。

然而，当心中的他翩然而来，坚硬冷酷的冰雪也酥软为一江春水；铜枝铁干也泛青也柔润也挂满娇嫩的叶芽吐露芳菲的春心。

枝枝嫣红朵朵生香瓣瓣含情——绝不止是桃林。在逢春的那一瞬。

是什么力量让世界一下子就彻底改变了模样？

不再黑云压城大雪纷纷。

枯木病树也沸腾了青春的血液。

天朗气清。于是柳绿于是花红。

是无边丝雨是脉脉东风是使万物生辉的那双明眸。

轻轻的，悄没声地，改变了冰雪施尽了淫威也不曾得到的世界！

草木至情至性。殷殷春雷在心中怦然，应和着远方渐行渐近的謦音。

走在这样的季节里，我总是魂不守舍。

整个世界都在享受着生命之春。小草。露珠。花朵。蝴蝶。绿烟红雾，十里歌吹，明山秀水。

对于美的事物，尤其是软玉温香的花朵，我总是不能做到气定神闲，总是惶惶不安。

源于对美的不可遏抑的渴慕；不容把握的忧伤；"花飞梦散"的语谶的难以拒抗。

古人云，"惜花常怕花开早"，一样的情怀，表述出来却也挂一漏万。

面对着满目繁华，这样绝望的句子却萦绕于怀："像风中的花瓣回望空空的花枝，我望着你。"

——美演绎到极至，也是痛苦也是绝望。

草木一秋人生一世。看桃李在微风中妩媚，不由人不想到梅与菊。一个花开雪野，一个艳遇秋风。那样迥异常情的怒放，一定有非同寻常的事情发生，或迫非得以的苦衷。艳红的花瓣卧着晶莹的冰雪；灿灿黄英对着萧萧的落叶。美，美得令人心疼，一阵紧似一阵；美得令人流泪，滴滴在谁的怀中珠圆玉润。

摒弃的是肌肤之亲，光大的是精神的对应。

梅与菊灵魂深处的春天，却与季节无关。

与山长水阔天悬地隔，与碌碌之生渺渺之死，统统无干。

不被大雪覆盖不被落叶掩埋，该是怎样惊世骇俗的艳异！

邂逅庄周的蝴蝶

　　敞亮亮蓝汪汪的青空下，平展展的操场上，没有冷冰冰的大理石、生硬的水门汀，除了红砖铺就的甬道在教研室与学生教室前的几个大花坛间蜿蜒，足之所履，便是实打实的泥土地。无论晴天还是雨天，与太阳热吻、或与雨水缠绵，校园里均洋溢着天与地相互交融的气息，属于泥土、属于未被工业污染的悠长的农耕时代的气息。迟迟春日，暮色斜阳，暖风如醉——也许在郊野，这熏风才离红红白白闹嚷嚷的杏花桃花梨花，便忙不迭地扑进校门、逗弄起操场周边刚刚长出指甲大嫩叶的一排排小白杨来，携着妍暖的花花草草所特有的慵懒怠惰的粉香，加之金红的夕阳那一副醉醺醺的模样……哎，许多年前那个馨香校园里的芳春景致、气息、乃至具象到小白杨新生的嫩叶在斜阳晚照中欢快地抖动，扑啦啦，扑啦啦——翻过时空的万水与千山，迢递至笔端，仍然清晰如昨在心海，蓦然回首，越发地和煦而芬腴。

　　回忆的镜头由全景式的俯拍到聚焦春风中挂满嫩叶的杨柳枝再到轻轻荡起的海蓝色的裙——小女孩儿棉质的裙。继而是有节奏摆动的两条细细的黑黑的麻花辫儿。甚至听得到伊微微的喘息声。条绒布底儿的鞋子落地的沉闷的声音。寂寞的声音。

小女孩儿在跳格子。

一个人。

素日偌大喧嚣的操场，彼时异常地静谧。偶有晚归的值日生三三两两，挎着土黄色的帆布单肩书包，踏着夕阳回家。夕阳拉长了他们的影子。零零星星的笑语，散落在空荡荡的校园，犹如节日的烟花，旋开，旋灭。课间时抢手的单双杠，水平梯，秋千架，此时竟有花蝴蝶停在上面。想必蝴蝶与这些器械彼时亦是两两寂寞。只有小麻雀在杨柳的枝柯间，蹦蹦跳跳，叽叽喳喳。

小女孩儿依然在跳格子。一个人。

轻轻荡起的海蓝色的裙。有节奏摆动着的两条细细的麻花辫儿。微微的喘息声。布底儿鞋儿落地的沉闷的声音。寂寞的声音。

画面倏忽模糊起来，跳格子的小女孩儿，等妈妈下班一起回家的孤寂的小女孩儿，以及灿灿的夕阳，寂寞的鸟语，花香，春晚，空旷的操场，一切，一切，开始"气化"，雾气弥散开来，飘渺，辽远，虚幻……

原来我所遭遇的一切均是不实的，是梦。

不是现在的我以为是梦。是多年以前那个正在跳格子的自己以为当下的一切——是梦。那个忽发奇想的小女孩儿，忽而对人生有所了悟的小女孩儿，对人生起了大大的怀疑！她尚不知道哲学为何物，宗教为何物，是她踢来踢去的花口袋儿？弹来弹去的杏核儿？她不知道，她混混沌沌，她无知无识，她是个生长于知识与物质同样贫瘠的贫瘠年代的贫瘠的小女孩儿。然在一个人寂寥地游戏的当口，在那个暮春的金色黄昏，这个古古怪怪的念头闪电般划过脑际。人生是个梦！不是如梦！而是一个实实在在的梦！彼时，她尚不知有人生如梦这句老掉牙的话！她是百分百肯定的语气！人生就是个梦。我是我的梦中人，与我发生联系的一切人，付家小三儿，海凤，以及我的同学贵玲，春烟，还有我正等待下班一起回家的妈妈、妈妈的同事——我的班主任老师……均是我的梦中人！而在那高高的云端，有另一个我，那是真正的我，美丽而芬芳，她在云天之上，正依云小憩。云是大朵大朵雪白的云。等她轻启秋波，舒展腰身，从梦中回转，人间的我，当下跳格子的小女孩儿的我，必然已走完人生历程。也就是说，当我躺在付家小三儿他那白胡子老爷爷的大柜子里的时候（老爷爷自己把它叫做寿材，小三儿神秘地告诉我那就是装死人的棺材），在云天上依云小寐的"大我"，就睡醒了！

虽然还不谙世事，但此前，也就是邻居们三三两两，热热闹闹围观付家小三儿的老爷爷寿材运抵家门的时候，面对着那紫檀色的庞然大物，孩提的我着实内心起了莫名的恐惧。而与我这无知的幼童形成鲜明对比的是那驼背弯腰一把白胡子的老爷爷一手拄着拐杖一手抚摸着"柜面儿"的欣慰的样子——不止是"欣慰"，有兴奋，激动，甚至羞涩和憧憬，从那么老那么老的老爷爷浑浊的眼中，流露出的神情，与小三儿的二姐姐试穿已经订下的婆家过的彩礼——大红的衣裳、簇簇新的黑呢子裤子时的神情，那么像！然而这印象只是电光火石般一掠而过——等小三儿的父亲在众人的围观中打开"柜"盖子——这印象太深太深了！我一辈子也不能忘掉！也许那大"柜子"子与躺在"柜子"里的老爷爷早已不知去向，谁知都埋在哪哒？是"柜子"与人都完好无损还是朽烂不堪？一切都不可想象了！然而那打开的"柜子"盖儿上，赫然画着的蓝天、白云，还有一弯月牙，几颗眨眼的星星，却令年幼的我感到了深深的悲哀！那一刻，"死亡"这两个字好比塞到胃里的异物，无论如何也消化不了，硌得心口疼！虽然我还不能确切知道死亡到底是怎么回事，但把人塞到那"大柜子"里，永远不见了天日，无论如何都是悲哀已极的事情！

然而这个偌大操场上独自跳格子的寂寞春晚，那难以消化硌得我生疼的两个字，在夕辉灿灿淡淡花香中倏忽而解雪化冰消！而老爷爷一手拄着拐杖一手抚摸着"柜面儿"，浑浊的眼中流露出的欣慰、兴奋甚至羞涩的神情，不禁令小女孩独自微笑了！彼时的我自然无法从理性上解释混沌未开的孩童与历尽沧桑行将就木的老人，在"死亡"二字面前是如何达成共识而"握手言欢"的，但已经见过太多身边的人、心上的人，被"死神"打过招呼，挨过天塌地陷惶惶不安的日子万念俱灰束手就擒或被毫无征兆的偷袭悄然毙命后，现在的我，知道了，那老爷爷抚摸"柜面儿"的表情，就是"智慧"的模样。

今人面对死亡，大多没有了老爷爷的欣慰，许是对人世有太多的执念与贪恋吧。

一张白纸一样的单纯的七八岁的小孩儿，单纯得还未着一点墨色，脑子中忽而弹出这样古怪的念头，貌似匪夷所思，却也其来有自。孩子天性纯良未曾被世法点染，冥冥之中，刹那间，灵犀一点与天地同频共振，便豁然开朗，如大字不识一个的岭南卢姓樵夫（慧能），在雇主家偶闻有人念诵《金刚经》，只言片语飘到耳朵内，便如闻惊雷，当下心内雪亮，从此走上漫漫求法路。彼时，小女孩儿亦被自己的念头震住了！竟然未曾与任何人言说。因为无法言说。不可说，不可说，一说就错。多年以后执笔的这篇小文也许不免沦为画蛇添足的尴尬……

只因长大后，读到了庄周梦蝶的故事，了无挂碍，不由自主又回到那个春天的黄昏、操场……周之梦为蝴蝶欤？蝴蝶之梦为周欤？那个独自在暮春的空旷的操场上跳格子的小女孩儿，早已了然于心。

就这样理解了那个雪夜访戴的人

　　夜来一场好雪，天地一白。昨夜睡得沉了，竟未曾知觉。早晨照常是六时醒来。平日，这个时辰天还是黑的，今儿有雪衬着，窗外一片莹白。

　　下雪已然是好的了，更妙的是夜雪初霁。等洗漱毕，天已大亮——天竟是澄澄的青，通透的明！多么难得，当历经多日混混沌沌，脏兮兮的雾霾之后，能不欢欣鼓舞额手称庆……

　　遂启轩窗卷珠帘，门户洞开，任穿过苍苍松林、茫茫雪野的霜风长驱直入，扫堂奥，跻罗帷，荡浊秽，扬清芬，气爽神清大畅襟怀！

　　倘若我有个庭院，我不扫雪开径，我要护佑这一片皎洁就如同护佑心灵的一片纯良，我要让她不染尘迹。话音刚落，就惹得抗声四起——长尾巴的花喜鹊？可以来蹦蹦跳跳！胖嘟嘟的小麻雀？可以来叽叽喳喳！我一点也不嫌聒噪！中庭鹤舞？横琴松下？就可入诗入画了，我求之不得！还有千年前那个令我不惜夜露打湿青衫而孤琴候萝径的友人，心有灵犀不期而至，伊人尽可以咯吱咯吱踏碎琼瑶，我是一点也不心疼……

倒屣相迎抚掌欢笑也不过是有朋自远方来的喜出望外。掸风尘，奉香茗，整肴果，斟玉瀣，是自然而然的水流花开，皆可略过不表。但说煮雪烹茶，这则雅事，倘在农耕时代，该是写实的日常，而今，该是矫情的行为艺术了吧。因着知音人的来访，吾一试之。

泥钵煮雪，火烧红叶。黑的钵，白的雪，金的火，红的叶。随着火苗的舞蹈，眼见钵内小山似的雪俄顷刻绵软，透明，潺潺的，由白而黑，澄澈的黑，陶的黑。纯粹，透明，已看得见钵底镌刻的那株袅着的水草了。迨竹炉汤沸，如涌珠，如蟹眼，火候就到了，再煮下去水就该老了。

白瓷烹茶，瓷如雪，茶如翠，茶烟腾腾，茶香郁郁。

蒲团上趺坐。双手捧茗，闭目，转杯，闻香。

沉香不焚，是怕扰了茶香。

窗前虬松覆雪，不耐长风而枝摇雪落，噗噗有声，也是清听。

伊人茶罢，解锦袱出瑶琴，且弹且歌，其歌曰：

"寒光笼色。明明丈室生虚白。湛湛冰壶天地窄。

洛阳人门闭塞。太极未分。初爻正画。浑然一片清浅银河。

凝素魄。雪宫中不与瀛洲隔……"

雪宫中不与瀛洲隔——琴音清洌，歌声空灵，茫茫雪色袅袅茶烟中我闭目细玩。若是，则跨时空湎古今没有什么不可以。遂放开思维的神骏，看它如何逐电追风，马踏飞燕……

都说魏晋风流，果然别开生面。

迷离倘恍中劈面就撞上王右军。王老抬眼看看天色，喜滋滋道，快雪时晴！我则腹诽道，王老的帖子美则美矣，内容则未免庸常了些，配不上雪国的清空。倒是子猷访戴，来得佳妙，可能于子猷我更懂得些吧。《世说新语》寥寥数语，千载之下，神骨俱清的王徽之呼之欲出，以至于我每每有给他发发微信的冲动：相约联袂出游，踏雪而歌，以诗佐酒，料也无妨。

彼时子猷在山阴。也是夜来一场好雪，许是风狂雪骤横扫竹林，声响可想而知。大家都晓得子猷爱竹成癖，乃至一日不可无此君，即便租房小住，也是人未来，竹先入。醒来揭帘外望，嗬，好大雪！琼葩风舞，皎然天地，竹雪相搏，鸣金嘎玉。一时间子猷睡意全消，迎风排闼，呼童开樽：以片片飞琼和左太冲的《招隐》诗来佐酒。豪性大发，且饮且歌，歌曰：

"前有寒泉井，聊可莹心神。……

峭蒨青葱间，竹柏得其真"。

忽而心动，想见戴安道，一刻也不能等，即起访戴。这才是真任性啊！这时戴可远在剡溪啊！可见空间距离永远不是问题，问题是能否心神契合。后来唐人的海内存知己天涯若比邻，也是此意。则戴安道何人，可想而知，不必翻检古籍，必是渊明一般的冰姿雪韵。

顶风冒雪，经宿方至。出人意料的是子猷却造门不前而返。真是率性而为，无一毫的窒碍！子猷行事，如东坡行文，常行于所当行，常止于不可不止也。无他。在美不胜收的山阴道上，驾一叶之扁舟，凌重重之雪幕，天地浑然一色的皎白，唯有小舟推开的剡溪水逶迤一痕墨色，恍若一副展开的山水长卷，唯有黑白两色，曩日两岸的斐丹叠翠翕忽而白，一条碧水则如墨染——如此江山，而吾辈俯仰期间，能不逸兴湍飞游万仞骛八极耶！谁可为侣，非戴而何……造门不前者，在与天地精神相往还的过程中，子猷已完成了与戴的精神交流。至于戴的肉身，登门造访，已是蛇足。

此中之精微，不足与外人道也。所谓乘兴而来兴尽而返者，不过是子猷搪塞俗人的一个借口而已。千载之下，我们不要被他瞒过了，这也是高人的障眼法吧。你说你半夜三更顶风冒雪远迢迢而来，却过其门而不入，总也得给船家或随从一个交代吧……子猷访戴之幽微，不访而访，不会而会。只可意会，不可言传，着了文字相，便弄巧成拙了……

053

究其实，凡俗如我，也拟凌云。则大雪无痕，契友无踪，瑶琴无弦，茶亦无香。

而吾天涯画蛇兄泰山居，秋游玉泉寺。寺有千年银杏，参天蔽日，落叶如金。树下石桌一，石凳若干，皆为落叶所埋，满目灿然。其人曰：坐着，品茶，烤银杏果吃，静静异想，等待天开……隔了茫茫网海，苇杭煞风景地质询，是诗人的天马行空还是可按图索骥？画蛇兄一点没有怪我唐突，好耐性地回复道：烤过的银杏果，剥皮后内仁碧绿如翡翠，劲道，微苦，清香满口。来泰山时，请你品尝。呵呵，不必凡重的肉身亲赴，苇杭已神会矣——又一版本之何必见戴……古之人不余欺也，如是。

贪嘴多吃了几枚碧如翡翠的银杏果，未免口干，端起茶杯润喉，茶，早凉了。少不了再次举火。望着窗外碧清的天，茫茫的雪，不知泰山玉泉寺的千年银杏树和树下的石桌石凳现在怎样了，该也被玉雪所埋了吧……

与苇杭书
——临流照影或举杯邀月

  据说,有一位隐于深山,以读书、写作、养花种菜为日课的峻洁之士,竟然名唤苇杭——笔者听闻,不禁悠然神往。莫非世间亦有个苇杭耶?遂有此文,拟洗尘心,遥相致意。

——题记

  如果把这本《二人禅》(作者苇杭)放在我的案头,那么无需开卷,就好比临流兀坐,岸上一个苇杭,水中一个苇杭——那个随水流不停地抖动、与天光云影及岸芷汀兰相互叠映、迷迷蒙蒙却也更加魅惑的苇杭——也是我。都是我。

  携了这样一本书,在暑热已退,金风乍起时,沿着河沿儿走走,任风吹罗带,清波洗眼,疏解疏解淤积五内的那一股子浊气,打叠起俗事的诸般不堪,一股脑丢到爪哇国里——尽管于事无补,就是精神胜利法,也是要得的。乏了,就找地儿歇歇脚,就着草木清气、细碎的鸟声,看树荫把日光筛成一小块儿一小块儿奇形怪状的光斑，在打开的册页上晃荡……

"当仲春来临，山谷的野菜疯长到极限。山居放养一年，苇杭的心也疯野如薇。只是，这因《诗经》而知名，古人常食的薇菜，如今已不在大众野菜之列。薇，即野豌豆。据说可以摘其嫩芽吃，也可以将成熟的野豌豆用来磨面炒着吃。小时候，家乡田间地头常见，但没有人吃它，它结的小豆荚则是我们常常揣在兜里的玩具，掏空荚内的豌豆籽，掐掉尾部，用力吹，就可以吹出各种声音，有的小伙伴掐出好几个，并排含在口中吹，小排箫一般。没听过哪个小伙伴能吹奏出一支完整的曲调……"（摘自《二人禅》）

读到这里我的嘴角不由上翘成一弯新月。

山居是多么令人神往啊！

自然我不敢那般矫情，喋喋不休地说或者写，什么我的村啊我的庄的，仿佛田园牧歌一般。哪里有什么桃花源呢？桃源只在心里。如果我是那个打小就生活在山陬水湄的孩子，一步也未曾远离，我想我未必会赞美它。即便她的美悄无声息地滋养了我，但极可能，我是那个身在福中不知福的人。我对她的美熟视无睹。而她的诸般不堪倒成了驱动我逃离的原动力。诸如荒僻、落伍、贫窘、愚昧、乃至角落里的脏与乱——一下大雨就成烂泥塘的翻浆路、旱厕里嘤嘤嗡嗡的蚊蝇及那股子恶臭……而后，逃到了城市，被工业文明漂洗，呼吸着雾霾的空气，吃着各种化学制剂与剧毒农药培植的金玉其外滋味寡淡的蔬果，把自己塞在付出敲骨吸髓的代价才换来的巴掌大的"鸽子笼"里，深陷于螳螂捕蝉的危机中，夜夜失眠。傻傻地睁着空洞洞的双眼，从市声散尽，街车自川流不息到渐次稀疏，对面楼群万千灯火也由璀璨而疲惫而瞌睡，直至最后一盏与我同病相怜的灯再也撑不住，啪地一声"甏"（cei 读四声）了，我却依旧双目鳏鳏……直到黑魆魆的窗子再次被日色染白，早起的车子又在窗前马路上唰唰地碾过……又是一夜未眠！这时，我强烈地渴望回到我曾经的乡野。蓝天旷野间,一条溪涧,一带野林,一片谷子或高粱地旁,那个简陋的泥巴墙小院儿,木栅栏的门扉,推开来吱扭作响,率先迎接我的定是那犬吠鸡鸣,或者是伸长脖子的大白鹅,略低了头,扭着蠢笨的身子,气势汹汹嘎嘎嘎而来,用钳子般的利喙狠狠地"吻"上我的脚面——如果打着赤脚穿了露脚面的凉鞋,就有你好瞧的了……

昔日年少轻狂弃若敝履的乡野,就这样涅槃为治愈身心的梦中桃源。

那年夏天与胞妹未杭在山间闲逛,两个人都蹬掉了作茧自缚的高跟鞋,换上了平底儿布鞋。那布鞋不是市卖货,更不是塑胶底儿,而是娘亲在我的央求下,重拾快要成了非遗的手艺,手工做的。用面粉打了糨糊,把一块儿一块儿碎布粘在案板上,太阳地儿里晒干,揭起——这儿,有个名色,我们老家叫"打隔帛"。比量了鞋样,在晒得挺括的"隔帛"上画好,依样嘎吱嘎吱铰下来,一片,又一片,复制粘贴,直到摞够鞋底厚。白花其布镶边,再用粗麻绳万线千针刺啦刺啦纳过。纳过的鞋底儿,针脚细密齐整,既有棉布的透气性又有粗麻绳的柔韧,兼之纳鞋人恰到好处的手劲儿——一双美观、舒适、结实耐磨的鞋底儿,是三者的完美结合。这活计通常是茶余饭后,妇人檐前掇把小板凳坐了下来,一边刺啦刺啦纳着鞋底儿,一边看场。嘴里不时啾啾地撵着偷嘴的麻雀或试图越雷池的芦花鸡们——晾了一院子的麦子或谷子,不照看好还得了!

那年轻的妇人也许就是那时的母亲或邻家婶婶。邻家婶婶早已失去联络,不知近况如何。母亲也已是古稀之年。而今她老人家缝制的鞋子,于我而言,意义早已超越物质层面,而是如达摩尊者足下的那一茎芦苇,借以度脱到彼岸。穿上母亲缝制的布鞋,用未杭的话说,一脚就迈回了童年。噗噗噗踏在田土上,荡起一股烟尘,软软的,绵绵的,不但不觉脏污,且心生欢喜。正是初夏时节,阳光也不烈。田畴广袤,触目都是高高低低,浓浓浅浅的绿,绿得你不敢凝神谛视。未杭的古怪念头是,这绿看久了,怕只怕眼睛也被点染成翡翠玉石。未杭一边发着奇谈怪论,双手环抱着摘来的一蓬蓬的野花儿，野孩子似的，脚下磕磕绊绊，一下被蔓草萦住脚踝，一下又被土埂绊个趔趄——冲口而出的笑语陡然被别一种声音盖住。二人对视，不约而同怀着好奇，循声而去。

绕过一扎高的青苗地，爬过一个野坡，隐在一搭杂木林里，一条野水奔腾而出，受阻于河滩上散漫无羁或坐或卧或欹或侧的乱石，水石相搏，汩汩而鸣。

遂树荫下拣块青石坐了，听水声。

"看这像不像北京的地铁站"！

未杭放下了满怀的野花儿，拿了草棍儿，划出一道"沟壑"，拨弄脚边那几只晕头转向的小蚂蚁。咫尺之遥，蚂蚁大部队在一丛婆婆丁里钻进钻出忙得不亦乐乎。这几只受到草棍儿劫掠，又忽遭地面"塌陷"的惊吓，且与蚁群失了联，急得团团转。看它们那可怜相，我接口道，"没错，要不咋有蚁民一说呢"。

未杭不再吭声。手中的草棍把刚划开的"沟壑"用浮土抹平，又小心翼翼引领那几只蚂蚁归了队……

水声更响了。汩。汩。汩。汩。汩。汩。一声紧似一声，一声高过一声。渊深，沉实，涵浑，闳阔。

听着听着，遽然有了木鱼清磬，振醒尘寰的意味。

出来久了，未免唇焦思饮，便呓语道："这水边搭个茶寮就好了！灶火上乌黑的铁铫子滚着把粗梗老茶。茶烟香气里，枕河而眠。听一夜野水漫石滩，再名贵的琴也可灶下当柴烧了。对了，寮前再有个葫芦架。架上的葫芦，摘下来个，一剖两半，既可当茗碗也可充钵盂。山深寒峭，坐禅久了，起座添衣，惊觉半瓢茶水里晃漾几点星辉。草窗前不时有点点萤火划过，映衬得夜越发沉黑。"说到这自己都被感动了。索性合上眼，静听水声。仿佛就置身于那个想象中的茶寮一般。

水声却越发地响了。汩。汩。汩。汩。汩。汩。

——"咋样？来不？"

——"别做你的白日梦了！夜里来了狼，叼了你去就更好了……"

她兜头一瓢冷水泼下，我顺手捡起几颗石子儿丢向她，未杭故意惊跳起来。扑啦扑啦身上的土，不由分说一把拽起我。

"嗓子都冒烟了，等回去喝口水再谋划你的茶寮吧。难不成你要临渴掘井？"……

未杭自顾自走了。把那满抱的野花儿，全都撂给了我。一蓬蓬的野花儿在胸前，浓郁的花香在鼻端，我却一步三回头，不舍那一条野水。

与那汩汩的水声就此别过。

不觉又是一年了！亦如不住口嚷嚷城市套路深我要回农村者，却城居依旧。市声聒耳，雾霾猖獗，已然安之若素。

忽而得悉这世上还有另一位名唤苇杭者，切切实实在"一个人山居""读书""写作""种菜养花"——这些令我瘖痱思服、基本等同于痴人说梦的幻想，在她（他）这里，竟然变成了活色生香的现实……我分明又听见那汩汩汩的水流声。

莫非……慈慧的造物主怜悯我的肉身锁在日常的镣铐里一毫也动弹不得，便施展无边法力，摄吾一股真神与彼苇杭同栖同止，合而为一，隐居深山更深处。遂得以：日月星辰为时钟，野草闲花做芳邻，雾霭流岚当日课（纯天然的朦胧诗），鸟语虫鸣拟管弦，流水溅溅洗俗虑……

入吾目、动吾情的世间万象，无非是自己内心映象罢了。假作真时真亦假嘛。要不《石头记》中明里有个贾家，暗里就有个甄家；有个贾宝玉就有个甄宝玉。因此红尘里有个案牍劳形的周苇杭，深山里就有个松窗静读、风神潇洒的苇杭。两千年前的庄周，打个盹做个梦，梦见蝴蝶，就栩栩然自以为蝶，春光融融中，上下翻飞翩红嬉翠，摆脱了沉重的肉身而喜之不尽。这两千多年前的哲人，未卜先知。我读《二人禅》（网上片段）也是"自喻适志与！不知周也"——庄子的名，笔者的姓，

059

因缘巧合，都是这个"周"字。"周"既不知，便只余苇杭二字而已。

焉知此苇杭不是彼苇杭。

说着蝶，便有蝶落在身旁草丛的一朵靛蓝色小花上。轻拈起书便欲扑了来，蹑手蹑脚，可还是让它拍拍翅膀，飞了。殷勤的风，水面绣縠纹，也顺便把我湖绿的棉裙湖水般揉皱；又有无数个风的小分队在不远处的灌木丛与枝枝叶叶、牵牵绊绊、喁喁私语。河水却非山间野水那般激荡，貌似凝然不动，也不闻淙淙的水声。可我知道它在动，在走，在跑，也在跳。高高的杨树梢儿，鸟雀在啁噍踏跳。许是有叶惊秋吧，不时有几片半黄不黄的叶子，悠然而下，滴溜溜跌在水面，几经沉浮，漂流而去，渺不可寻。

眼前景物历历分明，我清醒着呢。我这也算不得呓语。我心念的那个苇杭，与肉身的职业、地位、性别等外在的标签无干，而直抵心灵之光。

世象无非自心的外在映象。我这，既是临流照影，也是举杯邀月。笔者、未杭与苇杭，却原来也是花间一壶酒，对影成三客。

第二辑　布衣蔬食自甘芳

餐花记

　　咦，茉莉花煎蛋？跳过水箱中张牙舞爪的生猛海鲜们，掠过牛排羊腿及长拖拖价值不菲的鲜带鱼等一干腥膻们，如宋徽宗万花丛中乍遇师师，为其别一种幽姿逸韵所吸引，不再王顾左右，不再徘徊逡巡，迫不及待道：小姐，来盘茉莉花！

　　而今真要个餐花，想一想，就熏熏然了。就不劳款斟慢饮，我亦酩酊。瞧我这点出息！可不是给点儿阳光就灿烂，给点儿颜色就张罗开染坊！可这又有什么不好的呢？像葛朗台一样悭吝，一样锱铢必较，我是说，对于红尘中少的可怜的这点"小快乐"抑或美其名曰"幸福"。诸如，"花开了""草绿了""风起云飞了""月亮圆则如环如璧、缺亦如美眉如吴钩"，总之，是好的，是高兴的。锱铢虽为富商巨贾所不屑，然对于我这般惜花恋草达到高老头葛朗台一般高超境界的人来说，落入眼中，沁入肺腑，荡涤五内，就不言而喻了。渺小的，常常为人所忽略的野草闲花，竟然在我的内心，能产生这样大的愉悦！不能自已，不由分说，自然而然，如雪融冰消，软了，化了，流淌了，荡漾了，由心底到嘴角一路欢歌直上眉梢。与禅悦仿佛依稀。

原来足下的大地便是一偌大的蒲团。这才解了禅宗的行走坐卧都是禅的玄机。天地不过是一大道场。我亦在其中。而儒家的格物致知亦是如佛如道的修行罢了。

譬如餐花。饱满的，鲜洁的，茉莉花花蕾，花梗碧翠，烘托着花苞的淡月微云。花苞竟不是单调的白，而是温雅的冲淡了的柠檬色。含蓄，内敛，静悄悄的，如婴儿的酣眠，哪怕在喧哗的酒楼，亦有一股子静气。小心地，怜惜地，把花苞们捧在手心里，分明能感受到伊的匀称的呼吸。记得看过一部电视片，是记录制作花茶的。那用来窖茶的成筐成篓的茉莉花花苞，茶农称之为"睡着的花苞"。等一会花苞们睡醒了，茶农就把茶与茉莉花搅拌在一起，青涩的茶，这欧洲人称之为神奇的东方树叶，在茉莉花的美丽与芬芳的无私陶冶下，是为花茶。一个是尽兴绽放，幽芳尽吐，另一个是婉转缠绵，熏魂醉魄。

而我这厢，隔了荧屏，大有自从与君盈手握，至今犹留两袖香的况味。

而现在，我不仅是掬芳携艳，亲密接触零距离，不再镜花水月般隔了荧屏，更要嚼华餐英，口齿噙芳，那么锦心绣口，乃至妙笔生花，是不是也可以小心翼翼地期待一下？

有了这样小小的私心，席上的觥筹交错笑语繁华，我一概屏蔽了，只顾埋头餐花。筷子频频光顾装了茉莉花的青花瓷盘，如鸡叨碎米，一点也不文艺。

再香的花，到了嘴里，亦是有植物的淡淡的苦，苦涵香。回味更绵长。如滚滚红尘之俗。而俗中之雅，如花，如草，亦如禅。其苦，易见，其芳，则幽眇……

063

食笋记
——从形而下到形而上

　　金衣白玉，据说是文人们给冬笋量身定做的一顶高帽子。啧啧，听听，又是金又是玉的，号称"蔬中一绝"，够玄乎的吧！对于竹笋，管他春笋冬笋，对北人而言，反正都是可以入馔的竹子呗！而竹子之于儿时的我，伊是郑板桥特立独行的标签，什么咬住青山不放松，千磨万击还坚劲，任尔东西南北风，之类。七八岁的模样梳了两只羊角辫儿蹦蹦跳跳有口无心扯着喉咙机械地嚷着。除此形而上之外，竹子就是妈妈用来挑衣裳的长长的竹竿儿，庭院的黄瓜架下爸爸坐着歇凉抽烟喝茶的竹椅子，想必竹椅子也曾"叶嫩花初"，只是后来沧桑了。不要说大块头的爸爸就是细胳膊细腿的我一屁股坐下去它也针扎火燎地吱呀乱响。索性就把它贬谪在夹竹桃旁充当脸盆架子去发挥余热了。除此而外，还有什么是竹子的呢？装鸡蛋的篮子，该是竹子编的。隔壁的斌子神气活现摆弄的竹笛子。对了，最不该忘记的就是眼面前儿的餐餐不离手的两根竹筷子了——夹土豆丝、黄瓜丝、夹茄子豆角，及猪肉炖粉条，等等粗食或所谓的美味。我的两根竹筷子自打离了她的南方老家,就是不曾探过亲,是否如我一般,害着沉重的相思病?

漂泊北国的竹筷子如郑思肖般思南可以理解,可我这一土生土长的地地道道的北人,害相思病似的念着江南,就有些矫情了——这情愫于患者我是不绝如缕,可局外人眼里,就太不搭调了。

反正,我就是这般各色!打小就常被大人点着脑门骂:这孩子可真各色!"各色"乃吾乡村土语,就是差劲,与别人两样。

譬如吧,说怀乡,必是指对生于斯长于斯的故土的思念,而各色的我,却有点狼心狗肺的意思,怀乡,是怀恋与我八竿子也打不着的江南的小桥流水人家。

> 江南是我前世今生的念想,有着乡愁一样的幽怨。……那青山隐隐,秀水迢迢的江南,荡着轻舟画舫的江南,穿着蓝印花布的江南,细瓷茶碗里袅着茗烟,吴侬软语和着咿咿呀呀的管弦;蒙蒙细雨洗亮檐头的鳞鳞黑瓦,窄窄的长长的嵌着青石的深巷,隐隐传来少女甜润的卖杏花的声韵……
>
> ——摘自旧作《我来梅未花》

对于江南,我就是如此这般,剃头挑子一头热。

乃至我的饮食习惯也倾向于梦里水乡。酒酿、花雕、桂花糖、碧螺春,不要说入口,就是听听这名色,就很享受了。超市里摆放的莴苣芥蓝茭白等南菜菜摊前,鲜有本土主妇煮夫光顾,而我,绝对是个例外。这来自江南的青枝绿叶,映着窗外漫天的大雪,总给我一股缠绵的意绪。常常是流连忘返,拿起这个瞧瞧,翻翻那个看看,挑挑拣拣间少不了选上一两样,给餐桌增添点亮色。那天逛超市竟然发现新大陆般看见了新鲜的冬笋。笋子也不是没吃过,但都是真空包装的加工过的竹笋。那味道必然是大打折扣了。且食品卫生状况频出，弄得我也疑神疑鬼起来，看了相关行业内幕，就更望而却步了。这新鲜冬笋还真是稀罕物件！我条件反射似的赶紧找价签瞧，四十八块钱！真是物离乡贵，一只笋子，也就二斤多沉儿，竟卖到这个价！不过了，狠狠心，就是砸锅卖铁也要尝尝鲜儿。

于是就有了今晚餐桌上，我的一双背井离乡的竹筷子邂逅冬笋的奇遇——大有老乡遇老乡两眼泪汪汪的感动。亦好比寄居贾府的黛玉见了家乡土物的伤怀。

冬笋竟不是一道菜，而是那一方水土，对我痴心不改的慰藉。笋衣一层一层小心翼翼地剥开，便闻到了淡淡的清甜。偌大一只笋子，剥净了，洁白的笋肉也就这么可怜见的一小块儿。敢情笋子也是怕冷，到我冰天雪地的北国来，特意多加了几层衣裳？

拿刀切开来，笋子白白的，脆脆的，忍不住削了薄薄的一片儿放到嘴里，细细地嚼了。那一股子清新气味，要人怎么说呢？人间有味是清欢。是了，清甜，清欢。淡的，薄的，淡烟，疏柳，闲云，逸鹤，近景是一带竹林，不是碧翠，而是淡墨。远山一痕，清溪一线，细雨如丝，窸窸窣窣地，下。画面中走出披蓑戴笠的农人，看不清眉眼，清癯，枯瘦，肩上扛了镢头，镢头的刀刃在墨色中闪着好看的月牙白。想必我今晚的鲜笋就是他的杰作了。是云也有，雾也有，雨也有，露也有，套用下宝钗的海上方，就是白云一朵，淡雾两钱，竹叶上的露珠儿一串，吴侬软语若干，把这四样调匀，丸了龙眼大的丸子，盛在白瓷坛子里，密封严实了，埋在竹林子里。待过了春分，雨水，寒露，霜降，才可从地里挖出来。

多少天过去了，吸吸鼻子，吧嗒吧嗒嘴儿，那气息还在唇齿间缠绵。

自此，我的理想就具象化了。在江南的一幽僻的村落里，赁一间茅屋，一榻一桌一椅，一蓑一笠，一锅一灶，闲书几本，经文一卷，古琴一张。茶一杯，竹几许。闲了，看云，听风，听雨，在竹林里飒飒。饥了，就到自家的竹林里挖笋子烧菜吃。

我的茶，醒了

壹　书窗听雨

　　晨起，天色就是阴郁的。走在街巷上，晓风习习，罗裳瑟瑟，大有秋意。彼时，吾便爱了自己的城市，尤其安适地靠在躺椅上，摇啊摇，看平素令吾心驰神往的南京，上海，西安，杭州等繁丽典雅之都，清一色三十五六度的炎蒸天气，而吾冰城独享这一份难得的清凉，能不心存感谢？

　　十时左右，窗外更是淅淅沥沥响起了繁杂的雨声。看电视，科教频道正追溯没有齐天大圣猪八戒的大唐玄奘法师的纪实版西游记。摇着摇椅，抱着安暖的茶杯，眼睛盯着电视画面，伴着哗哗的雨声，记住了这几个关键词"过所（相当于大唐的护照）、石盘陀（对玄奘图谋不轨的胡人向导）、瘦老赤马（识途老马，伴玄奘渡过飞鸟不见的千里流沙）、莫贺延碛沙漠（玄奘西行必经的险途）、玉门关、烽火台、射向私渡者的乱箭、水、四天五夜滴水未进、保护神观世音菩萨、不到印度绝不东行一步的铮铮誓言、高昌王、结拜兄弟、世界最大的大学那烂陀寺……电视节目告一段落,观者却久久回不过神来……

雨越发地紧了,打在绿杨繁茂的树冠上、对面空阔的操场上、石级上……喧响得宁静,繁杂得寂寥,听雨,守着窗,撇开日常的俗物,神骨俱清,倘若,是江南的庭院,一丛芭蕉,满池莲荷,田田的荷叶,清雅的粉红的荷花,在风雨中摇曳……

我在雨中得寸进尺地奢想。

贰　我的茶,醒了

一向缺心少肝的洒家夜里竟然失眠了。在床上左翻右翻贴了一夜的饼子,听了一夜的虫鸣。开始还觉新鲜,悦耳,随着时间的流逝和我那不识趣的枕边人,挑衅似的,鼾声一阵紧似一阵地贴着你的耳根子聒噪,不烦也难。入睡该是近黎明了吧?好在明儿周六,也就不打紧。迷迷糊糊醒来已是八九点了,喳喳的鸟叫取代了唧唧的虫鸣,撩开窗帘,打开虚掩的窗子,一股凉风扑面而来,不禁打了个寒颤,人也就此精神了。昨日好雨,今早的秋意便越发地浓郁了。天是清澈透明的蓝,云是玉洁冰清的白,风则醍醐灌顶的妙。如此风日,一洗昨宵失眠带来的倦怠。

不是小学生作文,奈何提笔便知蓝天如何蓝白云如何白一类的废话,无乃太老套太无聊了吗?我倒不觉。人本来就生在天地之间,能脱离吗!尤其在早先的农耕时代,先民们没得乱人眼目的电影电视及今人刻刻不离的 iphone,则出得门来举目便是青天,且没得惨不忍睹的钢筋水泥森林的切割与遮蔽,何其敞亮与气派!绿野无际,而阡陌逶迤,白云朵朵漂浮其间,说高也高说远则远,要说近呢,一恍惚,也可举手摘下一朵来把玩的样子,也就踮一踮脚的事吧?天是自家的天,云亦仿佛吾之案头清供。一缕一缕的风，透明的清澈的迅疾的或莲步姗姗的，也好比吾晨起之一盏茶——绿茶清幽，花茶香艳，红茶温贫暖老，般般都是好的。说到茶，便口渴得耐不得了。顾不得信马由缰胡思乱想，麻溜地烧水，烹茶。水开了。温壶，洗茶，茶烟袅袅茶香氤氲中，趺坐在蒲团上，顺手拿起矮几上的木鱼，使劲儿猛敲几下，其声铮铮然，亦不下于禅门之棒喝。这些日子还真真爱上了这小小的木鱼。别看它不起眼，敲起来是一点儿不逊于金石之声。音色亮亮的，脆脆的，足以"振顽起懦"，是一点不带夸张的。萎靡时，颓废时，惰怠时，昏昏欲睡时，猛可地敲几下，不啻服了兴奋剂，或曰若清泉沃面，凡尘尽洗，也不算瞎掰。

木鱼声声里，我的茶也好了。拎起茶壶来瓷碗里细斟慢饮，整个人才如叶子入壶高冲低泡后舒展碧翠地，醒转。

叁　御风而行

近日，家里换了新的窗子，较前更大更亮了，屋内视野一下子宽阔起来：蓝天，乃至天上徜徉的一朵一朵（如花朵）或一匹一匹（如绢帛）的云，慵懒的，闲散的，飘逸的，悠然的，在湛蓝的秋空自由舒卷，真好看。彼时，我把自己放倒在宽阔绵软的眠床上，如白白的云朵舒卷在碧空里，九月金灿灿暖洋洋的日光痒酥酥地浸着，再惬意不过。蓝天，真蓝呵，足以淹没一切世俗的烦忧；云彩，白白的，真纯净，堪比三岁幼儿的眼……刚才从我躺着的位置正对视线的蓝天上，恰好有三朵白莲花一样的云，慢慢在天空游弋着——是仙人足下的祥云，抑或菩萨的莲台？想，就这样驾着云朵滑翔在琉璃般的晴空里，该多好！

孩提时就有的梦，深陷红尘的今日，童心依然，实是难得。

飞，在梦里。不止一次。

不是驾云，倒是御风而行，如列子。掠过城市，乡野，当稳定在一定高度与速度，蹈虚空竟然比履实地还踏实。真个凌云御风，飘飘然。降低高度，看公路上奔驰的车辆，与儿童的玩具车无异，童心来复，我竟然俯下身，用足尖轻轻一勾，一辆正奔驰的蓝色"大解放"就倾覆了！在梦里亦知这样的玩笑开大了，赶紧施以援手把"大解放"扶起——还好，那小木偶一样的司机和玩具一样的车辆都完好无损——那情景，真真切切，如在目前。

蓝天，浩淼无际，云朵，舒卷自如，任你有海一样的愁绪，在这样纯净深远的天空的感召下，亦会荡涤得干干净净——譬如，此刻 9 月 15 日 14 时 30 分，晒太阳的我。

肆　秋分静坐

黑一半，白一半；日一半，夜一半——秋分是也。

白天，在下午的阳光中，静坐了 30 分钟，整个身心静静地浸在暖洋洋的日头下，说不出的舒坦。

夜了，写完日志，洗漱毕，不带一星尘垢——物质的，思想的。

干干净净。

再把自己浸在夜的最深处。

于夜的漆黑中，体味其空灵与澄澈。

清蒸嫩草与般若汤

壹 刺五加嫩芽与胡萝卜

晚夕，我宝髻松松绾就，粗麻衫，粗布裙，精赤着脚趿拉着草编拖鞋，下厨鼓捣晚餐。

今夕，我兴致盎然。不再抱怨明明刚刚吃完午饭，怎么倏忽间又该筹备晚餐了，进而以"吾有大患者，吾有吾身……"作此番牢骚的小结云云。

都是因为它呀，我的刺五加嫩芽！

不瞎掰，真是嫩芽呢！如茶叶般一茎仅二三个小芽，嫩到令人不忍触摸！轻轻捧到鼻尖，使劲地嗅着，那一股子药香气啊，真是好闻。富贵闲人怡红公子曾说，药香气比一切的花香果子香都雅；神仙采药烧药，高人逸士采药治药，是最妙的一件东西。今夕何夕呀，洒家我也"神仙"一把，以此药香浓郁的刺五加入馔。

如何炮制，不难，刺五加煎蛋。

刺五加洗净，沥干水。大勺内加少许米糠油，烧有七八分热，把刺五加下锅翻炒，扒拉三两下，原本暗绿的刺五加在油与火的洗礼下就鲜润起来，加一点点的盐。整个厨房都洋溢着浓郁的药香气，忍不住伸出筷子挑一茎入口，真是鲜极妙极！起锅，装盘。而后再煎蛋液。蛋液煎好后，把二者合而为一。

刺五加的苍碧点缀煎蛋的松软金黄，配以薄如纸白如玉的景德镇白磁盘，端的好看。

别一道菜乃清炒胡萝卜。

在烹饪中胡萝卜多做配菜，或曰点缀。与其说是取其食材的营养，莫若说仅取其"色"而已。按说胡萝卜营养价值不菲，富含的胡萝卜素于人体大有裨益，但其营养却被其"色"所遮掩。在食物王国里，胡萝卜一直被边缘化，扮演怀才不遇的角色。如汉之冯唐不遇，宋之柳七的"且去填词"，清之聊斋先生的久困场屋，及眼下张三李四王二麻子的抑郁——其才或天悬地隔其郁闷则一般无二。洒家今天慧眼独具，来个拨乱反正，就以胡萝卜为主菜，给英雄以纵横驰骋的天地！

胡萝卜喜油，胡萝卜素必借助于油才易为人体吸收。大勺内不妨油多加一点，加热后文火慢煨，快熟时，点盐少许，糖则数倍之，入口，甘美异常。

没有腐肠的甘脆肥浓，只是此两道小菜而已。

早春大山里的刺五加亦号为时珍，我恭请其出山，也算盛世无隐者了。而胡萝卜虽有"小人参"的美誉，而怀彼大才却在饮食王国沦为以"色"侍人的尴尬角色，好比满腹经纶的太白而待诏翰林——名花倾国丝竹乱，与"致君尧舜"的理想是八竿子也打不着！洒家借此来个旋乾转坤，正其位，呈其才，慰其心。

食案是矮脚内翻马蹄足的硬木小方几。食器非干汝官哥钧定的古玩，却也皎若冰雪。加之刺五加的幽翠，煎蛋的明黄，及胡萝卜的娇艳。一小钵热气腾腾的白米饭。钵为瓦器，色黑如夜，衬以响水大米的白，颗颗米粒儿越发的珠圆玉润。

美。美到不忍下箸。

蒲团一，我如唐人一般，跽坐。

樽酒不设。白酒的晶莹剔透，红酒的激滟芬芳，抑或花雕的温其如玉……皆略去。

只佐以古琴一曲，曰渔樵问答。琴韵悠悠，绵长，如碧水之婉转回环……

今夕，无嘉宾，亦无融融的月色。

但窗外，有撩人的春风万斛。

有百树千花在枝头而忍俊不禁。

红尘不远。布衣草履者如我，却柴门深闭净无尘。

贰　独乐马齿苋

各色如我，不待见天上飞的地上跑的水里游的，独独对山野菜情有独钟。读古典小说，涉及穷奢极欲之宴饮，动辄曰，水陆毕陈云云。用词简约倒是简约，其所包含的信息却极为丰富，生为好吃会吃敢吃的饕餮一族，轻轻一点，便足以浮想联翩垂涎三尺了。

我则不然。懒也就罢了，如何敢再担个馋的恶名，咋说洒家也是个要 face 的，说破大天来也就是疏懒成性罢了。想当年诸葛孔明隆中高卧，日上三竿太阳都晒屁股了才打着哈欠伸着懒腰口中念念有词儿，草堂春睡足，窗外日迟迟——也是真够闲的，够懒的。可也真是叫人艳羡。彼时，卧龙先生的三餐想必也是寒素得可以，五谷杂粮，萝卜青菜，三月不知肉味也是稀松平常的吧。宋人谓之有蔬笋气。其意本是揶揄穷措大

073

的，或干脆就是寒儒的自我调侃，却对了我的脾胃。蔬笋气，人谓之寒酸，我视之甘芳清雅。泥土气、太阳味、草木气息、露水的清幽，都需要你静下心来细细地咂摸。吧嗒吧嗒嘴儿，嗯，就这味！

　　早春吃过刺老芽、柳蒿芽、苦麻菜、婆婆丁，苦中含香，清新淡雅，为我的餐桌增色不少。入夏，则久违了那山野的气息。加之连日高温，坏了胃口，吃甚都提不起兴味，口中着实是寡淡了些。

　　日日在菜市场逡巡，就不知自己个儿要吃甚。也是该着我有这口福，这日两手空空，大太阳地里，无精打采地从市场出来往回走，马路边的树荫下蓦地撞见了这"尤物"——马齿苋！我认得伊们，就好像他乡遇了故知！那摊主也真是细心，一小把一小把的马齿苋码得整整齐齐，不是用塑胶套束紧，也不是用塑料绳捆扎，更不是像超市那样用胶带缠绕，而是鲜见地用枣红色的毛线头儿系着。好温暖好体贴，与超市里流水线包装出来的就是不一样，有手工的润泽与温度。摊主是满脸沧桑花白头发的老妪。也许生理年龄未必比都市里那风韵犹存的徐娘大多少，甚至序起年齿来，这个还要年轻几岁……这一捆一捆的马齿苋摆在一块洗得褪了色的碎花布上，花布的四角缝着手指宽的布带儿。在我咨询这野菜怎么卖时，她一边应答一边用手笼着布带儿，细微的动作透漏出局促与不安，好像伊在时刻准备着拎起布带儿就跑。啊，是了，我总算明白了，摊主是在与城管斗智斗勇。好在，在我俩交易时城管未曾现身。我从容地拣了三捆马齿苋，打道回府。

　　今儿晚餐我是一菜两吃。

　　其一，把马齿苋洗净焯水，改刀凉拌。嫩滑爽口，有一点点的酸，酸中带点苦。味道刚刚好，点到为止，含蓄内敛。其二，热油把青蒜、辣椒爆香后放入马齿苋，撒花椒面，鲜酱油，爆炒，添汤；待沸腾，把面粉洒水少许搅成均匀的指甲大的面疙瘩，陆续下锅，轻轻搅动，使之受热均匀，免得糊锅。

一粥一菜，简简单单明明白白，却大振暑热炎天的恹恹食欲，吃得肚腹溜圆，盆碗皆干。

遂得以，含哺而熙，鼓腹而游，击壤而歌——帝力于我何有哉！

叁　清蒸嫩草与般若汤

向晚时分，室外秋风劲吹，遍体生寒，一家三口赶赴公婆家涮火锅。实则我私下里对涮火锅不太感冒，主要对牛羊肉可以说是敬鬼神而远之，还与之"肌肤相亲、唇齿相依"？还是饶了我吧。此就是陪老人一乐，少不得委屈委屈自己个儿。

然则厨房里一番忙碌之后，还是折服于彼食材之美。洗净的茼蒿、生菜、香菜、菠菜等，一股脑地装在竹编篮子里，不说吃，就是看看，碧翠欲滴的样子，也是养眼怡心。日本把插花提升至"道"的高度，谓之"花道"。而我此时却把这篮鲜蔬比作"一篮春"，且无心插柳，自然天成，比那挖空心思的插花作品，更胜一筹。更衬以窗外黄叶潇潇西风阵阵，犹可宝爱。加之藕片，山药，雪也似的皎洁，一片片齐整地码在青花瓷盘里；羊肉片、肥牛片则肥瘠相间，亦不乏桃李之艳好。我虽厌弃牛羊肉的腥膻气味，此时也少不得青眼相加。锅是紫铜火锅，一看就是老物件。婆婆说还是八十年代某某友人相赠，东西还好端端的呢，而那送东西的人早几年就下世了。每每提及，婆婆都少不了物是人非之叹。

一家子也难得一聚，公婆老了，有的是时间，偏偏儿女们忙得陀螺似的，仿佛离了他们地球就不转了，实际也是瞎忙。忙衣食，忙儿女，忙些说不清道不明的鸡零狗碎，结果就把老人忽略了。恰好今年"十一"，小喵也从北京赶回来了，更其难得。暑期由于有一摊子事要忙，小喵在家也没待几天，就匆匆返校。中秋十五，也不得团圆。今儿能一家子不再天南地北，亲亲热热，围坐一块儿热乎乎地涮火锅，聊家常，其乐融融自不待言。席间少不了频频举杯。

按说吃火锅，配白酒才够味。惜乎家人均不擅饮，视白酒为畏途。公婆日常喝点子红酒，不为口福，纯为养生。我们便顺着二老，每人都倒了些红酒。我也不例外。虽然奉佛以来，酒早已不再沾唇，近来却有些懈怠，尤其红澄澄的果酒当前。狡黠的小喵便以"般若汤"相劝，吾亦乐得自欺，就坡下驴，开怀畅饮彼"般若汤"。

举杯敬二老，祝道：身体健康，笑口常开，乃至"万寿无疆"都派上了用场，呵呵。从何时起，公婆已脆弱到怕闻长命百岁。难怪，七老八十的人了，掰指数来，距百岁也不甚远了，你祝人家百岁，貌似也不相宜。因此儿女们也顾不得什么僭越的罪名了，直接给二老来个伟大领袖的政治待遇，万寿无疆则个！果然博得二老笑逐颜开。

叵耐人生苦短，世事纷扰，在生老病死日渐紧逼的微乎其微的间隙里，何妨偃仰啸歌，螺蛳壳里做道场，开颜一笑。

笑是笑了，我的肚子却没填饱。

牛羊肉的腥膻味我还是享受不了，席间只吃了几筷子青菜和藕片山药，肉是碰也没碰。收拾碗筷时，那一层凝结的羊油，腻死了。我几乎是捏着鼻子倾了小半瓶子的碱面儿才刷干净。

晚上回家，还是美美地喝一杯咖啡，就一块面包，才心满意足。

我到底还是以青菜为食的素食动物。正如小喵调侃的，就是一盘子"清蒸嫩草"，我娘也会直呼美味。

你叫那鸡鸭鱼肉，情何以堪？

小喵每每如此调侃我这当娘的。呵呵。

肆　一钵红枣山药羹

今儿下午我是忙中偷了闲，大有一寸光阴一寸金的稀罕。从单位跑出来那个欢快劲儿，好比流放途中的太白遇到大赦般喜兴。

回到家里，却也不比外面暖和多少。摸摸暖气片，冰冰凉，还不到送气的时候。暖气热起来总也得晚上六点左右。琢磨琢磨，洗几枚大枣，切几块铁棍儿山药，放在不锈钢小锅里，倒上几碗清水，文火慢煨。一边看着灶火，顺手拎了本书坐在餐椅上闲翻。书没翻几页，水蒸气就顶得锅盖呜呜呜响了。把书反扣在餐桌上，打开冰箱，拿出枸杞子，还想找点冰糖，可是左踅摸右踅摸也没找到。绵白糖姜红糖倒有，就是没有要找的冰糖，想必是上礼拜熬八宝粥用光了。那就拿红糖凑合吧。抓一把枸杞子，洗了，撒在锅里，再舀几羹匙姜红糖进去，重新盖上盖，继续煨。

人间烟火可真好啊。有了跳动的火苗，就有了光和热，有了水蒸气，有了枣子的甜香气。冬日的肃杀与寂寥一扫而光。冷清的家里陡然暖起来，活起来，生机盎然起来。守着灶上的一钵红枣山药羹，读着羁留北朝的庾信的文字，有"桐间露落，柳下风来"等语，闲适吗，伪闲适，自我安慰而已。然而，这八个字，可也真好。古有汉书下酒，今儿我也算以此煲汤——真不错。

关了火，把滚开的红枣山药羹盛在青瓷碗里，醉汪汪，红艳艳，甜蜜蜜，好幸福的感觉！美好的食物对人的体贴胜过千言万语，甚至会改变人的世界观呢。捧着这热乎乎美莹莹的一碗羹，忽然不忍独享——该可以奉佛的！于是忙不迭地倒腾出未用过的新瓷器，清水洗净，开水烫过，盛上一碗，恭恭敬敬放在佛像前，双手合十，顶礼。

而后才在餐桌旁坐定，捧着碗，慢品。

我之奉佛，也是如子孝亲，自己以为好的，必先敬上，才安心。不贵难得之货，贵的是这份心。尔时，佛不是高居云端，而是如父如母的可亲。

　　《维摩诘经》有佛之间的问候语曰：致敬无量，问讯起居，少病少恼，气力安否——据说，有的佛典还有"众生易度否"等语。读来真是亲切。你看，佛也不是高不可攀的嘛。他们见面的礼节也与我们一般无二。客客气气，问候问候起居呀，身体呀，工作呀，怎么样，好开展吗……

　　佛只有飞下云端，人才能出离凡尘。

　　原来红尘男女也是莲花身呀。万不可妄自菲薄呀。以此自勉。

今又重阳

  过了中秋,秋的意味更是一日深似一日,转眼间就佳节又重阳了。白首卧松云的隐逸诗人孟浩然,曾有待到重阳日还来就菊花的幽约,后来不知诗人践约否,千载之下,我这个呆人尚痴痴地期待着更精彩的下文呢。按旧俗,重阳无外乎登高望远,佩茱萸,饮菊花酒,吃重阳糕。如今是不能了,就是想一想也是蛮有意思的。

  九月九日,秋三月已过去了大半,天,越发地高远了,夏花已残,荷塘是红消翠减,八月的桂花也香远益清了,连中秋的满月也只剩下了半轮秋……更不消说花花朵朵了,树木也渐次地变了颜色,叶子们即便灿若黄金或艳比春红,亦不免在阵阵秋风中婉转飘零,能不令人感叹唏嘘吗……造物主真是体恤人情,为了慰勉诗人脆弱的小心灵——当然,不只是诗人触景生情,就是我们俗众,值此大雁南飞,百花憔悴,落叶纷飞,也或多或少有些许伤情,仅此一点就足以表明即便我们不是诗人,就算你是种田的,务工的,摆摊的,看门的,或是见天摆弄数字锱铢必较的账房先生,只要还有这一点子情怀,落叶打在脸上跌在足边,如蝶舞如花落，渐渐铺满日日走过的林荫小径，日日的奔逐中也会有那么一瞬，下意识地慢下步子来；倘若闲步郊野，瞥见野水一湾，蓼红苇白不胜幽情，兼之头顶有鸣雁雠雠渐行渐远渐无踪，能不感物伤怀，只此亦说明现实的粗粝并没有完全磨损诗心，就可以勉称为诗人（只不过，我们大众的诗没有吟诵出来，而是妥妥的藏在心里，呵呵——藏在心里更好啊，如蓓蕾着的花儿，未曾表白的爱，烟花点燃前的屏息以待）——就在这万华纷谢的忧伤时刻，菊花，踏着青霜，浴着寒露，带着神秘的微笑，翩然而至了。

待浮花浪蕊都尽，伴君幽独。这说的就是菊花吧！或者说，这是菊花对沉重的生活重压下诗心未曾泯灭者的一种悲悯的慰藉。菊花好哇，且不是一般的好，而是雪中送炭的好法呀！菊花的叶子也好。不是一般花叶的碧翠，而是碧翠的底子上覆了一层秋霜似的浅碧，就是在艳阳下，也给人一种凛然的霜意。菊花的朵儿，即不同于春花的妖娆缱绻，也有别于夏花的恣肆与浪漫，而是或厚重端凝，或散淡萧疏，掩映于霜意浓郁的枝叶间，有着遗世独立的孤清，和蓦然回首，灯火阑珊处的怦然心动。好比我初遇渊明的诗，八大山人的画，东坡的文。如此秋花，设若南山旁东篱下，摘下一朵，簪在鬓边，不拘是云鬟彩袖的女子还是苍颜雪鬓的衰翁，饮酒，吃茶，抚琴，啸歌，想必都是很中国的，很古雅的，都是美的。

菊花不仅可观可赏可簪可佩，更可茶可酒。李时珍在《本草纲目》里说，菊春生夏茂，秋花冬实，备受四气，饱经霜露，叶枯不落，花槁不零，味兼甘苦，性秉平和……其苗可蔬、叶可啜、花可饵、根实可药、囊之可枕、酿之可饮，自本至末，罔不有功。宜乎前贤比之君子，神农列之上品。隐士采入酒，骚人餐其落英。《神仙传》言康风子、朱孺子皆以服菊花成仙。菊之贵重如此，岂群芳可伍哉……哎，我怎么爱你也没够的古中国呀，又不是吟诗，也不是作赋，一本医学著作，都写得如此声情并茂,对仗工稳抑扬顿挫,不要说以菊入馔了,翻着竖版繁体纸张泛黄的这样一本子《本草》,竟好像闻得到那股子苦森森的药香气,不知不觉间我就变得体态轻盈飘然欲举了……

开心是真的,郁闷也是真的,啪嗒书本一合,便跌落于无奈的现实——今天是重阳有木有!我是即未登高,也未簪菊,菊花茶,菊花酒,一样也无——想必在古代,这天该是放假的,谁让我们没福,不紧不慢赶上了这快节奏的时代……

早晨坐电梯,直达21楼的办公室,我遂意淫为登高。工作的间隙,起来活动活动胳膊腿儿,开窗远眺,也权当登山望远游目骋怀了!佩茱萸,也只有到古诗里去温习了。在微信里浏览了朋友圈上传的菊花图片,还真以为画饼可充饥。实则内心里还有一点不死心,私下里对重阳糕耿耿于怀,满心的以为即便不能自己下厨炮制,点心铺子里大可买来尝尝,也算是应应节气。本以为寻常日子为了促销,急功近利的商家都会绞尽脑汁地生造出个节日,譬如双十一光棍节,要不就不管不顾从洋人那里生拉硬拽,诸如母亲节父亲节圣诞节搞得大张旗鼓,好像不过此节你就大逆不道似的——放着我们老祖宗传下来的现成的节日,还能错过不成。如此盘算着,下班就直奔附近最繁华的商业街——大大出乎我的预料,最善营造气氛的商家,好像没事人似的,没有一丁点的节日气氛。菊花?重阳糕?花是一朵没见。糕点倒是不少,隔着玻璃柜台我是仔仔细细地一样样看过去,核桃酥,老婆饼,紫薯包,夹心炉果,苹果派,无油酸奶蛋糕,黑森林蛋糕……及花样繁多的各种西式面包。我仍不死心,画蛇添足地询之于售货员小姐:重阳糕?那个有着娃娃脸的小姑娘脸上挂着职业的微笑,用甜润的声音轻轻地告诉我,没有。

是把这个节日忘了,还是像丢垃圾一样远远地丢到故纸堆里了?习俗也好,文化传统也好,不能参与到我们的日常,就像你说你是中国人,你是炎黄子孙,你不识汉字,不说汉语,不过汉人的传统节日,丢了汉人固有的民族习俗，没有本民族文化的传承与积淀，丢弃了唐风汉韵的遗传密码，黑眼睛黄皮肤的你，披发左衽——凭什么来判断你的族裔，唯有 DNA 了。一纸冰冷的检测报告，只说明这个族群是生物学上的汉人。仅此而已吧。

九月九日，据说叫老年节了，重阳节都是明日黄花了。空着手从点心铺子里怅然而归，恰逢日薄西山余晖熹微，走着走着沉沉的暮色便帷幕一般罩了下来。

那远在大唐的孟夫子到了老友的乡间草堂，吃了老友自己养的鸡，没有化肥农药的纯天然绿色食品黄米饭，喝了自酿的米酒，熏熏然间一眼瞥见了花圃里彼时还瘦骨伶仃的菊花，兴致盎然地撂下这两句诗：待到重阳日，还来就菊花。

饥肠辘辘的我，走在如黛的暮色里，意兴阑珊地想，我们，一点雅兴也无。

岁岁有今宵之月想

　　淡墨，微云，月明，香隐。茶，是油油的绿，泉越发澄澄地清，人，不在画中，亦胜似画中吧。
　　吾私下里，企盼，这样一个月夜。独独属于我的。
　　月亮，明或暗。花儿，满开或半妍或无声地，翩翩飘落。落到茶盏里，我便喜滋滋地一饮而尽。落到案上敞开的书页上，我便把伊当作美丽的书签，爱怜地，小心地，夹在书册里，让伊与李白的一江明月、王摩诘如影随形的贝叶经，或者花魁娘子的红罗衣，在一起，相映生辉——如今晚的花与月，茶与酒，圆圆的月华糕，与月亮般美好的心境。
　　有秋虫的鸣唱，和着清风，流水，月明，花开。别的，就都不重要了。如果，还奢求什么来助兴，就给我一把古琴吧！绕梁、焦尾、绿绮、号钟，就不强求了，一把普普通通的古琴，就好。
　　云鬓，广袖，如果可以，我愿意。
　　一炉香，亦可免。如果我的庭院，有一树桂花，正香着，且，不时地有那金粟米似的小花，簌簌地，落下，寒士如我，彼时，亦是富比王侯。

蒲团一。最好刚刚亲手编就。皎洁如冰雪,或者团团如满月。十指纤纤还裹着蒲草的香气呢。

我跽坐在蒲团上。

瞑目,澄心,净虑。

月影,花光,风声水色,及虫鸣的皎洁,与夜露的泠泠——迷蒙中,均调和在一起,又渐行渐远,渐分离——乃至出离,虚无了外在的一切,唯余灵府的一片空明。

如是,才可与琴相亲。方算不得唐突。

广袖轻拂,春葱款动,在弦上吟猱绰注,则万壑松风毕至,飞瀑流泉在耳,利欲功名之污,尽空!几疑凌云蹈虚,超越万丈红尘矣!

李谪仙曾有诗云:

蜀僧抱绿绮,西下峨眉峰。

为我一挥手,如听万壑松。

客心洗流水,余响入霜钟。

不觉碧山暮,秋云暗几重。

今夕,有月明,有霜花,有玉露,有红尘俗子我,不揣鄙陋,客串从峨眉峰下来的方外人,与琴为一,演绎松风流水的出世之想——则贫居闹市蜷缩于鸽子笼中的散人,亦神骨俱清矣。

堪比头上那朗朗的,中秋之月!

注:绕梁、焦尾、绿绮、号钟,是古之四大名琴。

关于初雪、落叶和香格里拉的急就章

　　据说帝都稀罕地下雪了，且是秋末冬初的"首映式"，既然有六出奇花的纷纷扬扬飘飘洒洒，就不愁玉砌雕栏的粉妆玉琢。不要说故宫翘角飞檐的万千楼宇，就是寻常巷陌的百姓人家也是白璧叠屋琼瑶匝地，出入其间的黄发垂髫，还不神仙一样。难怪央视得了特大喜讯般喜气洋洋奔走相告。电视、网络、微信到处都是初雪的讯息，秀雪景，秀有关冬天的诗歌，伴着飞雪的旋律，或古琴雅乐或现代流行音乐，阳春白雪下里巴人，各有各的好法；总之，都在提醒你，冬天来了。

　　时光匆遽，节气的变易总是这样猝不及防。关了电视便点开微信，殷殷地，向远在帝都的福子金一探究竟：（嗯，有必要注上一笔，吾文中的瑶瑶，福子金，都是那个与我血肉相连而今又有些貌合神离的小东西。至于名之以何，看我的心情……好在，不管我这不靠谱的娘如何异想天开，伊人都很乖很萌，配合应答——这也算为娘的一个特权吧）福子金，听说你那里下雪了，燕园的雪景啊，传一张过来啊——我总是这样自作多情。春天，望着我的窗外依然漫天飞舞的雪花，欣羡地问福子金，未名湖畔的柳树绿了吗？花开了吗？前段时间则惦念伊公主楼前的银杏叶子可否变成了黄金的颜色。"嘀"的一声提示音，照片传过来了：哪有什么银装素裹，倒是一地金黄的树叶！福子金好耐性地解释，雪是下了，等伊拍照时已经变成水了……下了线，心里未免有点怏怏。从来都跑步进入冬天的冰城，怎么初雪的风头就被纬度比自己低得多的城市给抢了呢，没道理呀！这是昨晚的话。

　　冰城的这个秋天有点长，气温也比往年高。已经是十一月了，我还是皮夹克薄丝巾呢，羽绒服尚在衣柜里待命。到处是飘零的树叶，树上的叶子也快掉光了，秋天要过完了，可冬天还没有来——节气也有空档吗？可是，在我这塞北边城没有雪，能叫冬天吗？该来的不来，不该来的却来了，雾霾了。这两天上班的路上，见大家都武装上口罩了，防毒面具似的。遂盼着降温盼着下雪，盼着被雪净化后的澄碧的天，清冽的空气……今儿早起，窗外也是隔了一层纱似的不甚分明。接近中午，天色晴朗起来，雾霭散尽，阳光也明亮了，这才打开窗子透透气儿。

　　正午向例是在阳光里趺坐。

　　出定后下厨掂对午餐。白萝卜切丝，大葱辣椒爆香后，清炒，添汤，撒一把干虾仁，煮面。

　　下午便守着电视围观习马会。两岸一家亲，血浓于水，打断骨头连着筋。

　　二者长时间的握手，交谈——喝着老酒，在香格里拉。

　　神话里的香格里拉据说就是天堂的模样，有着绵延的雪山，翠柏，澄澈的溪流环绕着鲜花和碧树。

　　香格里拉从来没有硝烟，更不会同室操戈。

　　我真心这么想。

春欲暮

  首如飞蓬,连荆钗也省了,裙布倒是真的,且已洗得泛了白,曾经的红花绿叶,早已褪掉了浮色,那烈烈的红亦如淡樱般宁静,温婉了;而绿叶,在流水般的日子与日子般的水流的反复浣洗下,不知不觉中扬弃了浮躁、矫饰、或者凌厉,而熨帖,随和,卷舒开合——任天真。月白的粗麻衫,更家常了,早已洗得毛嗒嗒的,磨掉了新衣料的生涩、僵硬,而变得温厚、细腻,体贴入微。

  都说衣不如新,人不如旧,未必。许是年龄渐长,吾更觉衣亦如人,还是老的,更好。相知,相契。

  譬如吾这"破衣烂裳"——这引号是必不可少的,就像年轻的母亲笑骂自己的淘气包"傻孩子"。不管是动辄成千上万的名牌时装,还是古典意蕴的彩锦轻罗,吾这身臭皮囊还是乐于与这"破衣烂裳",肌肤相亲。人与衣,不拘谨,不客套,不生分,随意,适性,犹如禅宗的饥来吃饭倦来眠。吾与这家居的老旧的裙衫,便是这般。进一步说,这旧裙衫于我,衣不是衣,裙不是裙,而是人与这衣裙,合而为一。如手足,如发肤。刘玄德忽悠结义兄弟时说：兄弟如手足，妻子如衣服。岂不知，衣服的最高境界，亦是，如手如足的。

衣服如此，鞋子，更是了。据说伟大领袖毛主席最解其中味。他老人家独爱千层底儿的圆口布鞋。为嘛？舒服呗！皮鞋？锃明瓦亮，是好看，可舒不舒服脚知道！布鞋本身就够绵软的了，可伟大领袖依然崇尚鞋子是旧的好，新鞋子嘛，先让警卫员穿，等踩软和了，这鞋子才有资格侍奉领袖的御足。

吾不是东施。也不是要效颦。我对自家这双破旧的草拖鞋的缝缝补补，也不是今儿一遭了。我对草拖鞋的喜好，或曰感情，绝对是原创，而不是仿效，更不是抄袭。原创就是发自内心的，不可遏抑的，迁心连肉的，肺腑之言。而不是其他。如哼哼唧唧，无病呻吟，或套话连篇，空洞无物，惚兮恍兮。

身着老旧的，麻衫，布裙，蓬头，素面，坐在蒲团上，穿针引线，缝补我那已不知缝了多少次的草拖鞋。

窗外，是冰城渐老的春光。（别说你们已入夏，白乐天早勘破了，长恨春归无觅处，不知转入此中来，此冰城之谓也）花褪残红，绿意渐浓，鸟啼渐稠。渐老的春光里，坐着青春渐老的人。有发，初白。若早些天的梨花。梨花白。好意象。好过发如雪。何必那样凄清，萧瑟！

鞋子缝到一半，就没线了。还好，前几日在服装城刚买了一团粗绵线。少不得喊正在叮叮当当修地板的老杰帮忙撑着，把线倒到线板儿上。

近来方厅靠近卫生间门口的地板鼓了，踩上去，忽忽悠悠的，想必，这房子，这地板，这装修，也如我们老夫老妻一般，是老了。上次装修，还是十年前，孩子还没上小学呢！老杰扎撒着手，努着嘴让我看刚起下来的一块地板，地板块的里面都糟了，一楞一楞的，如蜂房蚁穴一般。

哪里，这分明就是时间嘛！老杰反驳道，还是他一针见血。

嗨！我们不是地板块。我们是血肉之躯。真真的木犹如此，人何以堪了。

皱纹，白发，就无须感叹了。

如落红，如啼鹃，如暗碧。春去也！独坐亦含颦。

说说而已。

又不是林黛玉。过日子，更不是在大观园。柴米油盐。亦颦。亦喜。更多的是，波澜不惊。

嘴里催促着，快洗手，别磨蹭了，一边打开线，等着老杰。

开始倒线。这活有近二十年没摸了吧？上次干这活时还是未嫁身，我撑线，妈妈往线板儿上倒线。再小些时，是看爸爸妈妈互相配合，爸爸撑线，妈妈倒线。自己成了家，好像干这活还是头一遭。

老杰高举着两只手，手上绕着乳白的粗棉线，状若投降的鬼子兵。蛮滑稽的。

我忍俊不禁。笑着笑着眼睛竟蒙上了泪光……

是啊。在永恒的时光面前，我们早已乖乖地举起了双手。

也就是一瞬间吧，曾经的如花爱侣，眼下的老夫老妻。

二十年前的爸爸妈妈。而今的我们俩。

感叹与唏嘘，亦只是一弹指顷。仿若春花之刹那。

倒完线，我继续坐在蒲团上缝我的草拖鞋，他那厢，继续摆弄他的钳子斧子叮叮当当。

男如耕。女如织。如担水。如浇园。

捯饬我们遮风避雨的"寒窑"。

窗外春欲暮。夏始初。

问道"稻花香"

昔有轩辕黄帝不惧水远山遥到崆峒山问道于广成子的故事。今有一干文人墨客饮水思源问道（稻）于优质稻米之乡五常市。

五常市地处黑龙江省南部，属中温带大陆性气候。东靠植被丰茂的张广才岭，层峦叠嶂，林木峥嵘，西、北承接土质肥美的松嫩平原，拉林河自东南流向西北，斜贯境内。独特的寒地黑土，龙凤峡谷，加之发源于高山融雪的优良水系遍布全境，都为水稻的生长提供了得天独厚的自然条件。介绍上述天时地利时，这位面目黝黑的水稻种植专家，蹲在一畦稻田前，手把一束一扎长的青苗如数家珍，为我们一一道来——从如何整地、育苗、插秧、除草、灭虫、施肥、灌溉、排水到收割、脱粒、晾晒、归仓等若干工序，才成就端上千家万户餐桌上的那一碗热气腾腾清香四溢的白米饭。

远处是连绵起伏的青山，一眼望不到边，宛若苍龙一直游入云雾苍茫的远方。这一畦一畦整齐划一方方正正的水田，就依偎在群山绿色的怀抱里——一行行一列列的青苗"小荷才露尖尖角"，还不到绿毯一样遮蔽大地的时候。稻田清凌凌、明净净，简直就是打开的一面一面镜子，倒映着蓝蓝的天，白白的云……

适值正午时分，烈日当头，无遮无拦，阳光竟有了金属的质感，打在身上是烫的，却烫得熨帖、舒坦，并不觉得燥热。不时有那被碧水青山染绿的凉风一阵阵袭来，遂得以大畅襟怀……

举目四望，天，高而远，一朵朵美丽的白云，缀在旷远的蓝天上。穹庐也似的青空映衬着绵绵青山，潋滟水田。阳光虽烫，一波一波拂过山巅水域的风，迎面扑来，却是沁人心脾，有着冰雪初融的清凉。天与地，阴与阳，冷与热，在灵与肉之间交融得那样奇妙，美好。大家不禁如此感叹。据素有凤凰山山神美誉的洛老师说，就是现在山顶背阴处还有未曾消融的冰雪呢——难怪有如此爽快的风……山里气温低，现在是初夏，自然觉得舒适宜人。可开春插秧时，春寒料峭，冰冷刺骨的水没过插秧农妇的小腿，一泡就是一天，辛苦可想而知。

原来"稻花香"大米一直坚守传统的人工作业。人工插秧，水稻的根能扎得更深，有利于作物早熟，也更能充分吸收土地的养分。再者本地的黑土极其松软，手工作业也避免大型机械对田地的毁损。春播时男人运苗，一根扁担两板青苗，吱吱呀呀荡荡悠悠，扁担弯成了一张弓。男人们几乎是一路小跑，不停地往返于苗圃与水田之间。女人则整日泡在水里，腰也弯成了弓形。左手分秧，右手插禾，行距株距都在心里，沟陇曲直就在脚下。心到眼到手到苗到，欻欻欻，一颗颗秧苗便精神抖擞地立在了水中央。横平竖直，端端正正，像仪仗队一样齐整——这才是最美丽的行为艺术呢！难怪弥勒佛的化身布袋和尚有诗赞道：手把青秧插满田，低头便见水中天，六根清净方为道（稻），退步原来是向前。

插秧不仅是一项农事，也是诗人眼里的行为艺术，更被高僧大德视为禅修——如此说来，倒应了还初道人洪应明的那句话，"天地中万物，人伦中万情，世界中万事，以俗眼观，纷纷各异，以道眼观，种种是常"。凡俗如我，经过数十年红尘历练、和前贤教诲，自俗亲圣，又由圣观俗，几经往返，才稍有心得；而凡夫凡妇，春种秋收，该插秧插秧，该拔草拔草，下雨就戴笠披蓑，日晒便草帽遮颜。饥餐渴饮倦来眠，一觉睡到大天光，从不解失眠滋味——浑厚朴拙一如凿井而饮耕田而食的先民，摒机心弃淫巧，从插秧到收割、晾晒，坚守手工操持，方成就驰名中外的"稻花香"。

生长于旱地孤陋寡闻的我，只知道以堆银积玉的稻米来果腹，却从未睹稻花真容，不知稻花芬芳。从稻农嘴里得知，稻花微若稻粒，淡白色，有淡淡的清香。稻花是真小，小到没有花瓣，自然也没有花萼和花冠，小到不成朵儿。微花儿淡淡，清芬渺渺，这样不起眼的微花儿，却一步一个脚窝地实诚，夏花一点，就是秋收一粒，从不开谎花儿，诚笃如季布一诺。

翌日，登凤凰山，一路上沿木板栈道盘旋而上，时见清泉潺潺，素白如练；而通往峡谷的另条泉子，却其黑如墨（因水底皆为黑石）；一黑一白，宛若道家的阴阳鱼，在山下汇合，负阴抱阳，灌溉着万顷嘉禾。

眼下的一畦一畦的稻田是禾苗初长，尚如天开明鉴，涵濡着日精月华，稍待时日则满目葱茏，等那微乎其微而又浩瀚如海的稻花盛放，香风微度，灌浆结实，则黑土生金，一方方，一块块，端端正正，大大方方，灿然生辉，俨然成就了丈六金身！

经雨露滋润、日月照拂、汗水浇灌，得天地人三者精魂，一把貌似稗草的青苗才百炼成金！

遂忆起两句佛偈，解使漫空飞白玉，能令大地作黄金。

这说的就是一双满是老茧的手捧给天下万民的那钵如珠如玉饱我饥肠、丰我肌肤、长我精神的白米饭啊！

曩有轩辕黄帝不惧膝行，沥血山石，始闻至道。而我等文弱书生尽有不辨菽麦者，舟车劳顿来去匆匆，尽管浮光掠影，亦有所得。

空空而来，得稻（道）而去。

临行，每人的手上都携了一小袋稻米。

而今而后，再不能"百姓日用而不知"了，必澄怀以对，那一钵香稻的珠圆玉润与皓皓之白——安忍辜负！

此丙申年四月二十九、三十日事。

苇杭补记于五月初九

桃源一梦

  再想不到，自家亦能过上草堂春睡足，窗外日迟迟，这神仙也似的日子。睁开眼，屋舍里已是阳光溢满，更兼檐前的鸟语，长长短短，明明暗暗。着实令人喜欢。好比隐逸山野的孔明，嘴里念念有词。大梦谁先觉，平生我自知，草堂春睡足，窗外——日迟迟。真是好！吾犹爱这日迟迟的况味。清茶一盏，闲看日影翩跹，静聆蝉嘶鸟鸣，隆中高卧的孔明，闲逸如此，尚且起身询问小童，有俗客来否——彼时，吾连此俗事亦不挂怀，几近澄澈空明。

  不再是动辄得咎，为五斗米折腰的小吏；刚撂下饭碗便盘算下一餐菜谱的主中馈的妇人；虽不如旧时晨昏定省亦是小心翼翼嘘寒问暖的孝顺女儿媳妇；琐琐碎碎唠叨饶舌而不自知，劳心劳力而不讨好的母亲——都不是。彼时，卸下了这重重压在肩上的负累，强加于我的种种角色，还原了本真的自己。

  诗书为伴，香茗一盏，浸润日影流光。诗是随口吟诵，哪怕颠颠倒倒，张冠李戴，表情达意就好。书是有一搭没一搭，闲闲地翻，或一目十行，或一字一句口里噙了橄榄般细细赏玩，而余味绵绵。有字书，已是这般让人流连，无字书又怎一好字了得！

　　湛蓝的天，深阔，悠远，无际，簇拥着清芬的棉朵一样的云，我总疑心那松软的云朵上有挽着双髻的童子在嬉戏；甚或就是摇身一变的我在时光的那端，与当下的自己在捉迷藏，也说不定哦！不小心呵，我竟遗失了那总角之宴，言笑晏晏的欢乐时光。大朵大朵的白棉花一样的云，白莲花一样的云，白牡丹一样的云，像，又不像，随你怎么想，妙在似与不似之间——舒卷着，绽放着，在碧琉璃的高天上，恣意随风。

　　说到风，风正舞动宽敞明亮的落地窗的轻纱帘幔，翩翩。惹得窗前的风铃叮叮咚咚，韵律犹如清溪跃涧。都说风入松而清，屋舍的檐前，松是不见的，高大伟岸的杨树倒有不下数十株，总有四五层楼高，繁茂的树冠连云接天。凭窗而望，看肥厚的叶子随风哗哗地翻转。叶子向阳的一面闪着银光，哗的一声，日光在千万片叶子上舞蹈；又一阵风过，叶子苍翠的一面又翻转过来，哗——哗，哗——哗，风来了，风去了，千万片叶子哗哗地翻过来，翻过去，倏忽间是耀眼的银白，倏忽间是幽暗的老绿。明暗有致，音韵浑厚，苍凉而寂寥。清风翻阅树叶的音韵，叶片与叶片彼此翻阅的音韵，是清寒的，是清心的，是涤尘荡垢的。这天籁！来自泛着露珠的乡野，洋溢着草香稻香的乡野，青青寂寂，苍苍莽莽。静夜，隔着窗，在枕上听，往酸里说，像年轻母亲困倦而含混的眠歌，蒙蒙胧胧，轻拍孩儿的手不知不觉间越来越和缓，迟滞，终于响起暖香细细的熟睡声韵。闲暇时，在窗前的硬木椅上听，或是新浴后，湿淋淋地，赤脚趿着手编的草鞋，披着贴心宽体的粗布袍，吹风，喝茶，玻璃杯，黄山毛峰，注入沸水，冲起一股白烟，交融，舒展，一会儿，手中捧着的俨然是热带丛林，茶叶根根森立，油油地，绿。或是午后，一枕黑甜，冲了凉，坐在树荫下的木椅子上。茶是必备的，捧着，握着，喝，或不喝，滚烫，清香。而风，就在对面高大的杨树林中，趋来趋去，刮得树叶哗——哗地响。俨然午后小憩的背景音乐。往往就出了神。林中有花喜鹊的巢窠,架在高高的树杈上,远看也就是一团蓬松松的茅草,风穿林而过,却依然稳稳地挂着。时见花喜鹊在林中飞来飞去,黑白分明的羽毛,长长的尾巴。也落下地儿,东啄西叼,蹦蹦跳跳,倏忽间,扑棱一声,就又站在了树梢。树梢的枝叶,犹自随风,哗——哗地响,不曾停歇。

静坐,酣眠,沐浴,喝茶,均以风入树丛的哗哗声为背景音乐,清清寂寂。

王摩诘说,山中习静观朝槿,松下清斋折露葵。真洁净,纤尘不染,从身至心。又说,野老与人争席罢,海鸥何事更相疑?直问得人无言以对。

晚餐后,杯盘草草,夕阳染红了天边,吾不衫不履,摇着蒲扇,优哉游哉地闲步。时见几只花喜鹊,一群小麻雀在玉带也似的林间小径上蹦蹦跳跳。清风怡人,皎月方出,树叶不曾停歇她那哗——哗的歌吟。每每此时,于心中涌出大欢喜,不由自主地弯了眉眼,翘了嘴角。清风,皎月,烧退残红的晚霞,林木郁郁,旷野庄稼,荆棘,远处低矮的农舍,晚炊的袅袅青烟,杂乱无章的虫鸣,暮归的悠然地老牛,咩咩的羊叫,以及牛羊身上不洁的腥膻之气——均于吾心起大欢喜。

摇着蒲扇,驱赶着蚊虫,不由自主地想靠近草窠里觅食的雀儿,孰料竟扑棱棱一齐仓皇逃窜,多少有些许败兴。

那御风而行,姿态泠然善也的列子所称道的鸥鸟忘机的境界,岂易得乎?

大梦谁先觉,平生我自知,草堂春睡足,窗外——日迟迟。孔明吟罢,翻身问童子:有俗客来否?——大汉左将军宜城亭侯领豫州牧皇叔刘备携了万丈红尘在阶下恭候多时矣!

暗香浮动月黄昏

夕阳燃烬。

蓝幽幽的暮色，笼罩了四野。

天空，是海一样的蓝；雪地，却不复玉一样的白，而是泛着淡青色的光泽。

雪野中的茅屋，疏疏落落。有缕缕淡蓝色的炊烟，在茅屋上空袅娜。那次第燃起的昏黄的灯火，朦胧在暮色的苍茫里，柔媚，如雾中的花朵。

一只狗，毛色乌黑闪亮如锦缎，趴在虚掩的柴门旁假寐，一有风吹草动便警觉地抬起头竖直耳朵，东瞧瞧西望望，也许是没有发现什么异常，便又一声不响地俯下头去。

小鸡，也就三五只，一黑一白和几只芦花儿。许是刚吃饱食儿，悠然地在院子里踱着步，东啄一下西叨一口，间或咕咕叫着，像是自言自语，又像是有一句没一句地聊着闲天儿。

村头儿的杨树林儿，是疏朗挺秀的。如三日下厨的新娘，脱去锦绣，素朴又贤良。热闹的是胖嘟嘟的小麻雀，叽叽喳喳，唱出一片春日的繁华。一会儿从这个树枝跳到那个树枝；一会儿又从雪地叽地一声飞上树梢。树梢有月，那小麻雀便站在月亮里了。

是满月，又大又圆又红润。大得有点夸张，与太阳一般了；圆得有点不真实，好像她从来不曾如眉如钩；而那橘子般的润红，没一点儿炫目的光泽，就像学童在图画本上用彩色蜡笔涂成的，满是天真和稚气；又那样切近，似乎举手可得，散发着融融的暖意。

这样一轮月，孩子们简直要欢呼了。

他们光着头，脸冻得红红的，玩雪的手更是肿胀如胡萝卜；可身子却满是汗，臃肿的袄裤全裹在了身上。难怪，今晚真不算冷。风不是斩钉截铁的利刃，而是湿润如含泪的眼；空气亦清冽爽人料峭有若春寒。这样的日子，是这漫长而又寒冷的冬季中的节日，是孩子们的节日，更何况有这样一轮亲切可人的月呢！

都说今晚的月是自己图画本中的那轮；都说能把雪球扔到月亮里。

于是那笑声闹声便在暮色中飞扬。

那被抛在空中的雪球则碎成玉蝶翩翩或梨花满天！

暮色深了。

茅屋上空的炊烟已经散尽。

母亲的呼唤声此起彼伏。

那被唤作小牛小妞铁蛋儿的，便从这呼唤声中嗅到了一丝幽幽暗暗的香气。

孩子们边跑边嚷：

"是米香。"

"是月亮的香味！"

"是白雪的香味！"

"是青草的香味！"

——结果莫衷一是，陆续散去。

只剩下静静的雪野，静静的，林中月。

与谁同坐
——凉榻诞生记

　　人原来是神的仿品。
　　《圣经创世纪》的起笔真是壮阔：
　　——"起始，神创造天地"。
　　"地是空虚混沌。渊面黑暗。
　　神的灵运行在水面上。
　　神说，要有光，就有了光。
　　神看光是好的，就把光暗分开了。
　　神称光为昼，称暗为夜。
　　有晚上，有早晨，这是头一日"。
　　看到这，我便顺手把刚从箱子底儿倒腾出的这本厚厚的《圣经》撂在了在茶几上，顺手拉上了窗帘，挡一挡迫人的阳光——犹自汗流不止，耐热不过，便踅进浴室又冲了一气凉，才感觉清爽些。
　　擦干头发，斜靠沙发，残卷重拾：

"神说，地要生出活物来，各从其类。牲畜，昆虫，野兽，各从其类。事就这样成了。"……

"神说，我要照着我的形象，按着我的样式造人，使他们管理海里的鱼，空中的鸟，地上的牲畜，和全地，并地上所爬的一切昆虫。"

"神就照着自己的形象造人……"

——仍觉闷热难耐，身下的沙发肉黏黏沾着汗湿的身子，刚才冲凉后的清爽瞬间被秒杀。不得不再一次掩卷。

接下来我给自己的行动逮了个超强的理论根据——既然人是神的仿品，且是高仿，那么，只有头颅五官四肢百骸的形似岂不枉称人耶，如是，充其量只是粗制滥造的低端仿品，怎当得起"上帝的杰作"这一光荣称号？故而在形似的基础上的神似，才是真正的"高大上"所在。

主意一定，勇士出征般豪迈地灌了一气凉茶，唰啦一声一把拉开掩了一半儿的窗帘，立在屋中央，坦然地迎着没处躲没处藏的毒日头，环顾下我这闹市中上不着天下不着地区区几十平方米的蜗居，胸有成竹地对着厚墩墩蠢笨笨热闷闷的沙发：

我说，要有个凉榻。

于是就有了个凉榻。

"事就这样成了"！

——额的神啊！原来开卷有益竟然是真的啊！

手摩挲着凉榻扶手河流般曲折蜿蜒的木质纹理，暑热炎天，竟有了冰丝绸缎的爽滑幽凉，真是惬意得很。

我当然不是神，不可能像神一样神通广大无中生有，我只是神的仿品，高仿，"高仿"也是仿，因此，我想要的凉榻不可能像神想要光就有了光那般痛快，我想要的东西毕竟要有所依托。我的命令是对着胖胖的沙发发出的。这个凉榻就脱胎于这个大胖子沙发。我不是无所不能的神的高仿品嘛！不是呆大，木头人，以及石雕泥塑啥的。我聪明呀！我把

100

沙发的"赘肉"——厚厚的泡沫垫子、靠背，三下五除二就给强拆了！不管伊如何哭天抢地，我宇宙真理在握，血流成河也是不怕的！以迅雷不及掩耳盗铃之势，就把个死胖子沙发拆得只剩了个瘦骨嶙峋的木质框架！伊这会儿还靠墙打哆嗦呢。我不得不再一次以手轻抚着它——改强拆时的狰狞面孔，而是温柔地安抚着，乖，别怕，好好与我合作，现在的你有了新名字，你不是那死胖子沙发了，现在的你，暑热蒸腾中的你，叫凉榻。多好的名字啊，听起来都会凉风习习，一缕一缕的清风就在这名字的点划撇捺间轻轻吹拂。

既做通了伊的思想工作，我便大模大样盘腿坐在我的"凉榻"上，洋洋自得，再度开卷。我看书不是有执笔乱画的毛病吗，哪句话对了我的心思，便在哪句的下面划道波浪线；如果一本书投了我的缘，一页页翻下来，所有的字都化为摇头摆尾的鱼，在"波光粼粼"的纸面，喋喋荷荇，出入蒹葭，好不美气。哗哗哗，书是一页一页翻，刷刷刷，笔是一道一道划……许是日头偏过去了，也是身子底下不再是胖沙发那样黏人的闷热了，而是换了木板的硬朗爽利。总之，一口气翻了二三十页，竟然不再热汗淋漓——可见，这凉榻功不可没。放下笔，合上书，从凉榻上下来，伸伸胳膊踢踢腿，前倾后仰左摇右扭，活动活动僵硬的脖子，同时，也少不了拿"浮瓜沉李"或"雪顶咖啡"慰劳慰劳自己。这就算是课间休息吧！

等书归正传时，满哪都寻不见我的那支笔了。明明刚才就顺手搁在榻上，咋就神不知鬼不觉地没了呢？前面说过了，我看书离不了笔，离了笔就像丢了魂儿，或者说，那笔就是我的钓竿，不，应该是网，离了它，我咋逮得住册页上那些往来翕忽溜光水滑的"鱼"们？书翻得再勤，也是瞎子点灯白费蜡！

笔，最终被我从凉榻底下给揪了出来——也不怪它藏那躲清净，篱笆扎得紧野狗也难入，皆因这榻上的木条缝隙太大了。多大？一指半

101

宽！看来我必须中断"学业","拾遗补缺"势在必行，否则便茶饭不想，寝食难安。对于自己热衷的事情，我还称得上是个完美主义者。

所拾的"遗"，是以前装修铺地板剩下的余料。在储藏间里蛛网尘封，睡了好几年的大觉，这会儿也被我使出吃奶的劲儿，倒腾到洗手间，摘下花洒，"唤起谪仙泉洒面，倒倾鲛室泻琼瑰"，哗哗哗冲去尘灰，抹布抹干，凉榻上一铺，哇，太棒了，尺寸刚刚好！增一分则长，减一分则短，整个一完美无缺的宋玉东墙！这毕竟是纯木地板啊，木本色，髹清漆，照眼明。铺得了，放眼一观，棕褐色的木质框架，如长堤，护佑一池净水，近前细看，好看的木纹，俨然是水面风来縠纹皱。一时兴起，把竹制茶海放在凉榻正中，茶海上放了掉底的褐色陶埙，埙上斜插一枝枣红的绢花。这花儿，不是牡丹，那太妖娆；不是玫瑰，太暧昧；它有着细长柔美的瓣儿，花朵儿比牡丹清秀又较盛开的玫瑰丰腴，风来，纤枝弱瓣也欹侧也袅娜，怎会有人怀疑它没有细细的香气。紫砂壶，烹苦茶，我，"水面"跏趺坐，斜倚一枝花。美的不要不要的！就差上天了！

手欠啊，手机"咔嚓"一张，朋友圈里忙显摆，并美其名曰"浮生半日闲"。正美着呢，有那一等好事者（微信好友），一针戳过来，留言叩问："与谁同坐啊与谁同坐"？——也许隔了山，也许隔了海，微信时代却真真实现了天涯若比邻，简直就是推门而入，满脸坏笑，劈头就是一句，真个心狠手辣，毫不留情。刚才尚得意忘形的我，还是传说里那落水漂不走、点火烧不烂、刀枪刺不穿、子弹射不着，法力无边的呆霸王，怎么转瞬间就被这厮轻悄悄的一句话戳破了气球呢？

洒家遂鲜见地，意绪缠绵地，以"明月清风我"回复，算是对那好事者的应答。

实则被他言中了，不再硬撑了。

这话，大苏最是透彻肺腑。而西人不大容易懂。

西人知道的是：耶和华上帝按照自己的形象，用地上的尘土造出了一个人，往他的鼻孔里吹了一口气，有了灵，人就活了，能说话，能行走。上帝给他起了一个名字，叫亚当。

耶和华上帝说："那人独居不好，我要为他造一个配偶帮助他。"耶和华上帝使他沉睡，他就睡了；上帝取下他的一条肋骨，又把肉合起来。不留一点伤痕，也不疼痛。耶和华上帝就用那人身上所取的肋骨造成一个女人，领她到那人跟前。……

这里的"与谁同坐"不关鳏寡孤独什么事。与肉身，与上帝的亚当及亚当的肋巴条儿没一毛钱关系。

上帝创世纪，上帝的仿品，我，因陋就简，历经强拆、改造、增删、拼凑，遂有了一席"玉簪秋"的凉榻。肉体上祛了署气，内心里却有了虚空，真是始料未及！一叹！

是为记。

注：苏轼的《点绛唇》词曰：闲倚胡床，庾公楼外峰千朵。与谁同坐。明月清风我。别乘一来，有唱应须和。还知么。自从添个。风月平分破。

买了九棵白菜

不说你也知道，我买的，自然不是老缶（吴昌硕）画中那错金锻铁的晚菘翠。也不是出自白石老人老辣风霜之笔，却洋溢烂漫天真之气，常常在他的画中被冠以蔬中之王的美称，并以萝卜、冬笋、辣椒、草虫、鸡雏为伴当的大白菜。

是，地球人都知道，我不买；也买不起。这，固然是原因之一。原因之二嘛，更因为那都是"画饼"，充不得饥肠。对于一个日日为了五斗米把腰都快"折"断了的人来说，只长了个"吃心眼"，也无可厚非吧？

你说那画上的白菜画得再好，能拿醋来溜、拿豆腐来炖、拿黑木耳来炒、拿豆瓣酱来蘸或清水里洗净，湛青碧翠，拿来做包饭，把小米饭的金黄、土豆泥的醇香、间以香菜剁椒的浅碧深红，裹而食之吗？

我买的就是这可溜可炒可烧可炖可蒸可煮可腌渍可生食的庶民的当家菜——与油盐酱醋实实在在打成一片的大白菜。

"开水白菜"？可别拿我穷开心了！"茄鲞"不会现身于刘姥姥那绳床瓦灶的茅草屋，是吧？同理可证啊！

没错！"开水白菜"是一道朴素得不能再朴素的菜，是朴素的最高境界！但那是"胜利了的庶民"的食单。朴素的最高境界是外素而内华。那便是吾乡的著名智浅人士——被无知造业的顽童，其中包括儿时的我，齐声骂为"大傻瓜又面又起沙"的长青先生挂在嘴边的那句话：包子有肉不在褶上。"外素"，素到什么程度呢，素到白菜开水煮，貌似一清二白。本想举例，转而想起大先生那句意味深长的话：我不想在这举出实例……至于"内华"具体华在哪里，读者诸君可以自行去问度娘，在下就不饶舌了。当然，可以类比一下。诸如什么谁谁谁家里被发现藏有数以吨计的现钞——我们一般人等说到钱，譬如大先生笔下的孔乙己是"一文一文排出来"，我们可能是一张一张抽出来，厉害的一沓一沓拍出来，而人家是一卡车一卡车拉出来，厉害吧？有关部门想清点一下数量，十台点钞机同时工作，结果烧坏八台，而财富几何，尚拎勿清。诸如此类的旧闻可以作为参考资料，有助于被贫穷限制了想象力的我等对"开水白菜"这一款菜名低调到尘埃里却如何在味蕾上开出牡丹来，加强理解，并在思想上融会贯通——味蕾上的贯彻执行那就不必了，还是"守多大的碗，吃多大的饭"（此语版权归属红楼梦里打秋风的刘姥姥），量力而行就好。"没有对比就没有伤害"，相形之下红楼梦里世代簪缨的贾府宴席上的"茄鲞"，未免太小儿科了，太喧嚣，太芜杂，太没品了。哪里比得上"开水白菜"低调，低调得近乎狡诈。

我真没法假作欢喜。对白菜，这样清清白白的菜蔬来说，"开水白菜"已然是"开放搞活"了。好比良家女子站了街，青楼里挂了牌——最妙的是，人家还建了巍巍然的贞节牌坊，且招揽无数的游人买票前来朝拜。一奇！

不喜欢的还有"百财"的谐音会意的附会，难掩一股子铜臭气。一种对于财富馋涎欲滴的单相思。一种庸俗的市侩嘴脸。

那么穷酷大的笔者，喜欢白菜什么呢？喜欢它的清清白白而不是欺世盗名。喜欢它与"赤米白盐，绿葵紫蓼"并列的那份洁净。霜风厉厉，割禾打稻已是"一般过去时"，青纱帐也似的玉米、高粱也已收割完毕，曾经繁茂得有些拥挤的大田骤然空旷起来，唯有一畦畦的白菜，勃郁青葱，凛然风骨，如《世说新语》里美丰仪的名士，乱发粗服，也难掩其莹然玉质。这个，自然也是我所喜欢的。

屈指数来，顶顶喜欢的还在于它的物美价廉——它的美，就不用我说了，有目共睹，藏在台北故宫的"翡翠白菜"不过是它的"摹本"。大家趋之若鹜的"摹本"哪有实物鲜脆肥浓，活色生香。实物，毕竟是造物主的杰作。至于价廉——我说过今天不是已经买了九棵嘛，就在物价"危乎高哉"的当下，也才花了区区十七块钱。而这，充分体现了上天的悲悯情怀——越是滋养生民的材料，越是高产而易得。曾经在一篇题为《春韭秋菘》的文章里，我说就为普惠万民的大白菜，"吾欲大礼参拜以谢天地"，被一些人讥讽为"矫情"——也许吧，吾之真情，彼之矫情，也是没法子的事。

看我费劲巴力倒腾上楼的肥润润水灵灵的九棵大白菜，一股脑堆在厨下，小山也似的；菜虽非我所种，毕竟从菜农的大车上到自己的小窝里，左手倒右手，走走停停，气喘吁吁，历经搬、运、抬、拎、抱，也是流过汗的——但见，甜白釉似的菜白，翠叶，与墙上挂着的红红的辣椒串，交相辉映，一种叫作秋收的喜悦，也在心头萌动。我又有了"欲大礼参拜以谢天地"的冲动——哦，对，是"矫情"。

2018年10月27日，星期六，初雪。

树叶在风雪中快要落尽了。

雪还只是在空中飞舞，落地即融。地表温度还没有低到可以存住这一层洁白。走在裹挟纷纷落叶的风雪里，穿着厚厚的牛仔连帽衫，呼吸带有秋叶寒香的清冽空气，脚步异常地轻快。

买了九棵白菜。

冰箱就是我冬储的菜窖。

可以坐等大雪封山了。

请允许我把当天的日记抄录在此，来完成用以结绳记事的这篇小文。

再添蛇足。有人问，为啥买九棵而不是七棵八棵或十棵十一棵呢？

答案一：增一棵则多，吃不了，烂了，白瞎（村言土语，可惜的意思）；减一棵则少，不够吃，还得买，麻烦。

答案二：文气点说，天得一以清；地得一以宁；九九归一，苇杭买九棵白菜得清平。

真相是，这天携带的口袋，正好能装九棵。又恰好在我可以独立自主承载的范围内，无需外援。

呵呵。

第三辑　我见青山多妩媚

再拜陈三愿
——镇江归来话镇江

清代性灵派诗人张船山曾有诗云"故人折简近相招,一舸横江路不遥。……那管风涛千万里,妙莲两朵是金焦"。彼时,诗人应该是寓居吴门,应友人之约,走水路驾扁舟一叶,尚未到镇江,遥遥地便见金焦二山,浮于大江之上,犹如莲花两朵,佳妙处难与人说。丙申年旧历九月寒露时节,苇杭亦有幸应邀来江南名城镇江一游。惜乎行色匆匆,诸般胜景过眼,虽不乏一日看尽长安花之洒然,然私下里更以未能与如此嘉山胜水共朝昏为憾事。金山的堂皇端严、焦山的空灵秀逸、北固山的英气勃发、招隐山昭明太子的读书台与大隐戴颙的山水清音……其妙处岂是短短数日盘桓能够领略得来?虽说是"金风玉露一相逢,便胜却人间无数",却愈加渴慕与之耳鬓厮磨的朝朝暮暮。

忧来无方,唯有诗书自娱。窗外霜风阵阵、黄叶纷纷如雨,读到宋之问"归舟何虑晚,日暮使樵风"句,看了"樵风"一典的由来,颇有意趣。话说会稽白鹤山有一位仙人,仙人有一只白鹤,专职为仙人取箭。

110

说来事巧，也不知是白鹤贪玩还是另有公干，反正是这日的箭被山中打柴的一位小哥拾到了。这小哥也是个实心眼的孩子，他见这支箭非比寻常，仙人的东东嘛，自然了得，什么携云带雾乃至金光闪闪都有可能。小哥见此物金贵，心想失主一定着急，便立等失主来领。等啊等啊，等得花儿都谢了终于等来了寻箭的人。小哥便完璧奉还。为了表彰小哥拾金不昧的精神，仙人便问小哥有何心愿，尽管说，他可以满足小哥。各位注意啦，这故事的看点来了。先别往下看，大家都猜猜小哥会咋说。估计答案如一句诗所云，"桃花方孕蕾，人心已乱开"，瞬间凌乱有木有！小哥一没求跑在街上贼啦拉风的宝马香车、二没求京城动辄多少多少万一平靠他打柴打一千年也换不来的金屋、三没求轻轻松松日进斗金家里存款能把点钞机烧坏的官位子……小哥所求的东东一定会让我等一干吃瓜群众跌破眼镜！但见小哥恭恭敬敬给仙人施了一礼，开口道，"常常苦于在若耶溪中运柴，但愿早上刮南风、晚上刮北风"。咋样？奇葩吧？芝麻开门钻石玛瑙财源滚滚什么求不得，却去求什么南风北风，只考虑如他一样打柴为生的樵哥日日运柴的便利，这不是痴人是什么？估计现代人十个听了十个是这想法。小哥的境界不是我们这帮子俗人所能理解的，是我们的品位太 low 了，是我们吃瓜群众都太贪了。别说，仙人倒是对小哥挺满意的，用欣赏的眼光看着小哥，点点头，那意思是，"小子勉之"……后来果如所愿。若耶溪中，早上刮南风、晚上刮北风，这样早上进山打柴晚上满载而归都是顺风顺水，山中打柴的小伙伴们都对小哥纷纷点赞，强、强、强！这位小哥确实强，打柴也没误了读书，其后位列三公——小哥的名字叫郑弘，东汉名臣，《后汉书》里有传的哟，以"清亮质直，不畏强御"，廉洁奉公而著称。后人称若耶溪风为"郑公风"。也称"樵风"，并名其地为"樵风径"……

此话姑且打住，否则离题万里了。我要说的是，彼时，若换作我，扪心自问，我会让神仙达成自己怎样的愿景呢？我虽难比郑小哥之清，

111

但这小小的私心，仙人也会大发慈悲也会成全的吧？待我整顿衣裳起敛容，再拜陈三愿——读者诸君评判下，看我贪心否？

一愿荷花季在金山芙蓉楼品茶，风时赏一池红碧舞婆娑，雨时观大珠小珠落玉盘，倒倾鲛室泻琼瑰。茶是纤秀娇俏、色翠香高的镇江名品金山翠芽，泡茶的水便是芙蓉楼下的"天下第一泉"中冷泉。莫说品，想一想都醉得不要不要的。至于茶具嘛，无须《石头记》里一干小姐少爷们那般矫情，什么珍玩古器，一概免了，只是白瓷盖碗就好。投茶有韵，注水有声，茶烟袅袅中，茗碗起碧痕，少顷，茶翻翠浪，香气氤氲。起杯、闻香，茶汤未曾入口，已是尘心洗尽俗念都捐。更有那雨落荷塘，打在荷花荷叶上，尤为清听。其功效足以与颍水洗耳相媲美。涤尽红尘多少浊气！

雨过了，天晴了，施施然下得楼来，高跟鞋哒哒哒轻叩水淋淋的青石板路，一径往荷塘去了。少不了折取几张大荷叶，甩净荷叶上洒落的珍珠般纷乱的雨滴，饶是十二分的小心，还是打湿了身上猩红的棉麻长裙！原也谈不上可惜，就此惹了一身荷花荷叶的香气呢，也是值了。

折来的荷叶，清水中洗净，铺在竹笼屉上，把提前泡好的粳米摊在荷叶上，再用另一张荷叶苫在上面，加盖，起火，蒸30分钟左右，稻米的香气杂糅碧荷的清香，随水蒸气飘散开来。由于唾弃了杀生取食的残暴与腥膻不洁，即便是人间烟火，也有了几分仙气。这样晶莹剔透香糯可口的米饭，就是不用七个碟子八个碗来佐餐，也不觉寡淡。若再素烧个刚从地里拔出的茭白，于我，便有妙玉将梅花枝上雪煮来烹茶的鲜艳做派！

二愿在焦山定慧寺的桂花园里过中秋。棵棵桂花树那层层碧翠缀着金粟米似的点点桂花，貌似平凡低调，却有着抵死缠绵不依不饶的甜美气息。我是多么多么喜欢啊！在我，这便是灵魂深处江南的味道！气味或曰嗅觉记忆，比视觉的纷红骇绿、听觉的丝竹管弦、味觉上的麻辣鲜香、触觉上的水滑洗凝脂，都来得更深刻更透彻，他者只是在肉身的局部荡漾，而桂花香气经口鼻呼吸迤逦入肺腑熏五内，穿过肉身直抵灵魂，有着醉魂荡魄的魅力！我奢想在桂花树下铺了用茶水拭过的竹篾席子，擎了竹竿儿来打桂花。竹竿儿轻轻扫过树梢，随着枝叶摇晃，便扑簌簌下起了桂花雨！且香气惹袖沾裳，挥之不去，缠绵不已。不知不觉间，金黄明亮的月亮也爬上了梢头！哈，"山寺月中寻桂子"，谁说这金桂银桂的花雨不是来自广寒宫里呢！

把桂花在通风处阴干，拣出杂质，清水淘净，沥干水分，取干净的玻璃瓶，一层桂花，铺上一层白糖，如此层层叠积，直至装满，加盖密封。放入冰箱腌制半月左右，甜蜜芬芳的糖桂花就成了！用腌好的糖桂花自制圆圆的桂花糕，取代店里买来的机械化生产的月饼岂不更有情致？

自然了，选在定慧寺过中秋不仅仅是桂花的缘故——江南秋来何处无桂花？我还想风为裳水为佩，桂花香里明月夜中，伴着佛寺的暮鼓或晨钟，入定参禅——以此种方式亲近这个曾有"十方丛林""历代祖庭"之称、距今1800多年的江南名刹，于个人修行定会大有裨益吧。

蒲团上跏趺坐，舌抵上颚，澄心静虑，一念不生。一任风摇树动，幡动，花动，香动，乃至彩云追月，月转星河——动者动，静者静，两不相扰。木樨香里，忽而悟道，也不是不可以。至少私下里我是如此期许。

三愿岁末年初，住在镇江古城幽深的巷子里。一大早推开门，骤然感觉一股清寒，呀，天空竟飘起了玉屑似的小雪！粉墙黛瓦围起的天井内，乍觉"寒梅点缀琼枝腻"，多么令人欢喜！洒脱如我，菱花镜里呵手试梅妆的小儿女态是久已不屑的了，眼波流动怕人猜——干嘛，不是"呵手试梅妆"，而是呵手偷折一枝花，来作案头清供。会不会被逮被骂？哼，窃梅，怎能算偷？爱花人的事……怕啥，台词儿我都想好了，东张西望慌里慌张折了来，一阵风似的反身关门，把粉青的冰裂纹瓷瓶蓄点清水插上花，陋室空堂也立马灿然生辉。真真的再寻常不过的柴米家居，有了梅花便不同。在江南，腊月，插了梅花便过年。岁是新岁，天地也焕然一新，是凌寒踏雪的梅花啊，以幽幽暗暗的冷香、花柔玉净的东风第一枝，艳笔挑开了春的帷幕。

又是那句话，江南何处不梅花？为何痴恋古润州（镇江别名）？这你就不晓得了。镇江的雅，别处或许有，镇江的俗——淳厚民俗，洋溢着酸酸甜甜镇江香醋所特有的香气的喜气洋洋的气氛就是绝无仅有的了！镇江古城的名片上赫然写着"这是一座美得让你吃醋的城市"——这还真不是夸张，看了如下一幕读者诸君就感同身受了。

每到年终岁尾，本着故里情深回馈桑梓的精神，本地醋厂以超乎寻常的大幅度优惠价，向市民出售优质散装香醋。每每此时，市民们携了坛坛罐罐叮叮当当三五成群呼朋引伴，要么在门市部前排起了长龙要么就在去门市部的路上。此时买的醋，一买，就是一年所需的量。开门七件事，柴米油盐酱醋茶，对于醋，可马虎得吗？除腥去膻，调和五味，少了醋，再好的食材、再高的烹饪妙手，也出不来彩头儿……如同烹饪中除腥去膻一样，镇江人就以这酸酸甜甜的醋香，驱逐着高度发展的商品社会里、大踏步的城市化进程中，人情淡薄、重利寡情缺失诚信的现代病，重温着我们业已丢失的小国寡民鸡犬相闻的朴拙淳厚的民风。以江南糯米为原料、经水与火的洗礼，加之镇江人对天地日月的诚心正意、并汲取了四季轮回的时光里雨露风霜日精月华所蕴含的能量，酿成了这一缕入馔鲜美入药去疾的醋香，也是我不舍这座古城的原因之一……

大红的对子贴上了门楣，噼里啪啦的炮仗抛洒一地红红的纸屑儿，层层叠叠，落花碎锦般，连那一股子硫黄味，都透着喜气。

室内方几上那一枝俏丽的梅花，时时都在提醒我，这是江南的新年啊。

对了，有朋友提醒我，你忘了向那无所不能的神仙祈祷春天——是啊，我没提。江南的春天啊，杂花生树，草长莺飞的春天啊！我懂得节制自己的欲望，向几千年前那打柴的小哥学习。不能得寸进尺，凡事事不过三。

求神不如反求诸己，这第四件，我要放在自己的掌心里。

镇江，来年春天在招隐山等着我，我来约会那位骨骼清奇、仙风道骨的大隐，在太子读书台共阅一手卷——不是凡俗的有字书，而是那无字天书，那书的封面就是红桃绿柳在蔚蓝的天空上书写的两个芳菲的大字，春天。江南的春天。镇江的春天。等着我！

那言必信行必果，许以打柴小哥"樵风"的神仙，我可以如此期许吗？

悟道金山寺

身陷红尘，日日被酒色财气所浸染，时时自觉不自觉都在追求名闻利养，实在是愚痴已极。但见日来月往来煎人寿。坡翁说"大江东去，浪淘尽千古风流人物"。这"浪"是惊涛裂岸的长江之浪，更是奔腾不息、不因权贵的贪婪红颜的魅惑巨贾的多金而稍事停留的时光之浪。长江后浪推前浪，前浪死在沙滩上。死的不仅是什么前浪后浪，也是"前浪后浪"所隐喻的难逃被岁月这把杀人不见血的刀所凌迟的你我他，死的还有无穷尽的"前浪后浪"所依托的这条大江！唉，一念至此，足以令人长夜起彷徨。

丙申年九月，我从日常的镣铐中挣脱，自几千里外的塞上苦寒之地飞抵江南名城镇江。浴着秋阳，聆着蝉唱，嗅着若有若无的桂香，朝圣般，按着怦怦的心跳，脚步轻轻，软踏芳草，约柳分花，慕名来到曾经"万川东注，一岛中立"、有江心一朵"芙蓉"美称的金山——是的，读者诸君没有看错，笔者也没写错，我不是曹子建笔下的洛神，没有凌波微步罗袜生尘的异能，但也一样不借助于舟楫而步履轻盈登上金山。何也？原来今日之金山已不复亭亭玉立水中央矣！唐宋时期那个"楼台两岸水相连，江南江北镜里天"的金山，只能是"所谓伊人，在水一方"般令我们寤寐思服梦里追寻了。今日的金山已与陆地相连。若驱车，则有停车场侍候你的"宝马香车"；普罗大众也有公交车直抵山门。

甫进山门，赭红色的山墙上"东晋古刹"四个苍劲有力的大字耀人眼目。没错，金山寺始建于东晋明帝时，距今已有1600余年的历史。初名泽心寺，以其孤立江心而名焉；唐时相传法海和尚掘土得金，故称"金山"；宋真宗时改名"龙游寺"；康熙南巡时又赐名"江天禅寺"。现有康熙御笔所提的匾额高悬山门，供天南海北的游人以目光"膜拜"。至若诸如"寺院的殿宇厅堂，亭台楼阁，全部依山而建，加之慈寿塔突兀拔起于金山之巅，从江中远望金山，只见寺庙不见山，故以金山寺裹山，见寺、见塔、不见山"云云，真应了那句话"前人之述备矣"，毋需我来饶舌。所谓"寺裹山"者，要么是山小，要么是寺足够大，留给没去过的读者诸君自去参悟。

香客去金山寺，拜佛进香者，走仕途的求官；单身男女求姻缘；不孕不育求子嗣；大小商人要财源滚滚来；折腾坏了身子的想快点复原好再去名利场中搏一搏……真是更无一人想回头。

面对着佛陀正大庄严的丈六金身，我唯有归心低首双手合十致意。不焚香，不顶礼，不敢用自己的红尘私欲去亵渎至尊。更不敢用金钱向如来与大士行贿。即不敢渎神也不肯自污。

君子之交淡如水。真水无香，淡乃至味。多好啊，干干净净，霁月光风。小人之交才甘若醴。喊喊喳喳咬耳朵，甜哥蜜姐地腻着。一朝翻脸，便拉开阵仗，开撕。与人相交，如此也就罢了，如此拜佛，如此待佛，往小里说是小人之心度了君子之腹，往深处说则无疑于以腐鼠奉鹓鶵尔……

金碧辉煌的金山寺，就以那曾经环绕四周吞吐日月的一江之水来启悟我等正觉。昔日波光潋滟的江心岛已与南岸陆地相连，水上梵宫嬗变为陆上胜景，其自身就给芸芸众生来了个"沧海桑田"的现身说法。再一次印证了金刚经"一切有为法，如梦幻泡影，如露亦如电"的伟大光荣与正确。

借用下稼轩词便是"我来吊古，上危楼，赢得闲愁千斛"。我的"闲愁"是那一江滚滚滔滔的浩瀚之水哪儿去了？通常的说法是长江河道北移，泥沙淤积成了陆地。金山寺的变化如是。原来耸立在江心，长江由西向东奔流，寺门向西，站在寺门口即可看到"大江东去，群山西来"的壮观气势——而今唯见车来车往，估计东坡若穿越回来，会惊掉了下巴。

不只在金山寺，在西津古渡、在北固山处处可见长江位移后的痕迹。一方面是江南的镇江由原来波光浩渺的水域化为陆地，另一面是江北的扬州如在唐诗宋词里频繁亮相的瓜洲古渡全部淹没于江底……从白居易的"泗水流，汴水流，流到瓜洲古渡头"到王安石的"京口瓜洲一水间"及陆游的"楼船夜雪瓜洲渡"，说明唐宋之际，长江航道变化还没达到翻天覆地的程度。但也一直在变。长江不仅仅是位移，长江在变瘦、变小，至少在镇江段是这样。据我们的金牌导游夏导讲，唐宋时期镇江段的长江也就是扬子江水面宽40余里，端的是浩浩汤汤横无际涯！原来不只是大江流日月，日月也熬大江，熬着熬着，波浪兼天涌的大江就窄了瘦了丝绸样柔顺了没有了气吞万里如虎的雄奇壮丽，倒暗合了杏花春雨江南的婉约与缠绵。

攀上山巅妙高峰，一座翘角飞檐的石柱凉亭早已在那里恭候多时了！此亭有个绝妙的名字，叫"留云亭"。亭能留云，可想其高也，江山远眺尽收眼底，不负亭内康熙大帝"江天一览"之御题。此亭始建于宋；1853年毁于太平天国的战火；1871年复建。"文革"中"江天一览"碑被毁，1977年重新勒石以铭。小小一亭，不仅自身经历了朝代的兴亡成败，更见证了地理上的"沧桑巨变"，这才是撼人心魂之所在！

不要说在宋朝时，就是康熙来金山时，亭中远眺，尚可见无尽长江奔流眼底，其气势之恢弘壮阔今日只能靠观者脑补了。今日所见则是温柔恬静的塔影湖了。如此江山好似由操铜琵琶执铁板歌"大江东去"作霹雳吼的关西大汉，摇身一变为莺声燕语的小美眉，翘着兰花指轻拈红牙板袅晴丝般细细唱到"杨柳岸晓风残月"——用了也就大约300年的时光！用东坡的话说就是"曾日月之几何，而江山不可复识矣"！念此直欲涕泗横流……

家里的客厅曾经挂了一幅字，"无穷者日月，常在者山川"。闲暇时，靠在沙发上，或茶酽酒美或黑咖轻啜，玩味着，思谋着，总是给人以警醒……镇江归来，再回想这幅字，更是别有一番滋味在心头。原来山川也不久长……人们面对物是人非常常感叹"河山依旧，人事全非"，岂不知河山亦非旧山河……

譬如有"天下第一泉"美誉的中泠泉，"在金山之西，石弹山下，当波涛最险处"（见《金山志》），原在扬子江心，是万里长江中独一无二的泉眼。中泠泉水宛如一条戏水白龙，自池底汹涌而出。"绿如翡翠，浓似琼浆"，最宜煎茶。唐宋时，泉水在江心乱流夹石中，水势汹涌，急涡巨漩，使汲泉极为困难。今已为陆地泉。唾手可得矣！不知是该欢喜还是叹惋，吾不知也……

秋阳淡淡，好风如水，轻抚围绕第一泉的石栏，一方碧水点缀着黄绿杂糅的几片落叶，前方不远处黛瓦朱窗重檐歇山式的古建，便是有江南四大名楼之称的芙蓉楼。楼前有好大一方荷塘，惜乎过了花期，不见红裳唯余翠盖。荷风袭来，万千荷叶或玉山倾倒或欹侧枕藉或偃仰啸歌；荷叶与荷叶之间及每一枚荷叶的阴阳两面均翠色不一，有浅碧深苍，也有薄霜傅粉者更显秋意，更有一茎绿中带蓝、状若孔雀蓝者，荷风掠过，时或一现，给人难以言说的冷傲孤清。

不知这般景致唐代诗人王昌龄"寒雨连江夜入吴"时是否见得。想必不曾。残荷听雨，倒是对景，实则也未必听得。斯时诗人作为谪臣，忧谗畏讥也在所难免，更哪堪秋风秋雨助凄凉……寒雨连江夜入吴，平明送客楚山孤。洛阳亲友如相问，一片冰心在玉壶。(《芙蓉楼送辛渐》)默默吟哦着从儿时就烂熟于心的这首唐诗，穿越千年时空，紧赶慢赶，踩着七绝圣手的足迹，登斯楼也，能不感慨万端……

实则江也不是唐人眼中笔底的那条江，楼更非唐人熟识的那个楼。辛渐何在，昌龄无踪，岂不令人怆然涕下……

好在，还有保护家乡的一草一木像保护眼珠一样的镇江人，把名楼易址重构，以慰我等吊古幽思，以遣情怀……

夜来下榻地处繁华市中心的镇江国际饭店。许是白天游览过于疲惫，上得22层的客房，忽觉风雨飘摇整个大厦宛若一叶扁舟随波涛起伏。大骇，以为地震。定了定神，还好，没敢造次，先给同住的文朋诗侣发微信求证下。回复皆曰，一切如常，是你太累了，洗洗睡吧。潜台词就是你发什么神经！切！

使劲儿拍了拍自己的脑壳，放胆安眠。

是夜，得见长江若巨龙雷霆万钧而来，对岸有一重檐飞翼的楼宇裹于云雾中，时隐时现，疑非凡境。

忽有电话铃声骤响，是宾馆服务的叫早电话。惊醒我的南柯一梦。

醒来犹自怔忪。

后来从夏导处得知，唐代芙蓉楼旧址就在所下榻饭店东南方不远处。换言之，今日饭店所在的商业街在唐代仍属一江流水。夜来我的如行水上的眩晕感，也是其来有自，那是冥冥之中来自遥远大唐、浩浩长江汹涌澎湃的韵律啊！

翌日，拟游现今万里长江中唯一四面环水的游览岛屿，焦山。

江山如有待啊，等了我几千年了呀，我要只争朝夕赶去赴会！

我真怕去迟了，宛若碧玉浮江的焦山，也像今日的金山一样等不及了，流尽了一江秋水，四围清波。河底的泥沙与脚下的陆地连在一起，铸起一道看不见却不可逾越的历史的围栏，令我只能在青灯黄卷里泪眼婆娑，去臆想妙高台东坡与佛印的皓月，如何在天宇四垂、一碧无际、大江奔涌中交相生辉、皎洁空明……

江山尚且不久长，而况有花间露、草上霜之喻，转瞬即逝的所谓富贵荣华？

走笔至此，如庖丁解牛，謋然已解，如土委地。掷笔而起，胸中块垒为之雪融冰消，表里俱澄澈，身如云轻，几欲凌风……

山中方一日

　　山中方一日，接下来嘛，自然是世上已千年。随意的，漫然的，顺手写下这句话。细细审视，端凝，不禁悚然一惊！虽则是光阴迅速——旧小说里的俗语，光阴似箭，日月如梭——已令人骇然！啧啧，似箭，喻其迅疾，尚在其次，直指其锋芒的无可逃避，才凸显岁月无情之真谛！人生没有挡箭的盾牌，你我只有硬着头皮以血肉之躯去应付。周身遍布时光的箭簇而血肉模糊，就可想而知了。偏偏在这日，结识一新朋，芳名偏偏为"鸣镝"，简直是骇人听闻！分明是千万只离弦之箭从耳旁呼啸而过，直奔靶心！这名字太具杀伤力！急需避讳！除非你乐于变成一只刺猬。

　　时光是如此的迅疾，千古英雄，红巾翠袖，无有觅处，自然就在所难免了。只是，"光阴似箭"遇上"山中方一日，世上已千年"无疑于小巫见了大巫。这"山"该是什么样的一座山呢，着实厉害，一日抵我红尘千年！千年！其内涵是我满不盈百的生命极限难以揣度的漫长，最便捷直观的触摸，莫过于求诸于史。信手闲翻，恰逢秦失其鹿，天下共逐之的盛况。各色人等，揎拳捋袖跃跃欲试，你方唱罢我登场，热闹非常。状若妇人之好的美少年张子房，下坯闲逛，便有奇遇。邂逅，鹤发碧眼，一袭布衣的老丈，后生小子的举手之劳——圯桥三进履，竟换得多少豪杰寤寐思服求之不得的独家秘笈，《太公兵法》。凭此，美少年足以为帝王师，遂有"运筹帷幄决胜千里"之奇功。相比之下，淮阴市上的破落子弟韩信就坎坷多了。平生所好者，唯渔与剑。垂钓，既有精神上的享受，亦有物质上的需要，一举两得；剑嘛，三尺龙泉，紫电青霜，乃胸中万丈豪气的物化。然，寒光森森的宝剑当不得饭吃，鱼儿不咬钩的日子，赖左近的漂母施舍度日，毕竟不是长策。这日，枵腹响如鼓的韩信路遇市井恶少无理挑衅，剑拔弩张之时，胯下的奇耻大辱，韩信竟是生生咽下，于是，哄然大笑取代了你死我活的厮杀。淮阴是呆不得了，当兵吃粮，吃粮当兵，先是投了项羽，后是归了刘邦。依然是三尺龙泉闲却。适逢汉王背时，陆续有士兵开小差，韩信亦溜之乎也。时任丞相的萧何闻之色变，快马加鞭，演出了一场传颂千古的萧何月下追韩信的历史大戏，这一追，追回了大汉四百年江山！向汉王举荐，一而再，再而三，才有接下来的斋戒，筑坛，拜将——韩信受辱于胯下时按了又按几欲出鞘的宝剑，终于光射牛斗！谱写了攻必克战必胜的战争神话！至此，汉初三杰紧密地团结在汉王刘邦周围，要军师有军师，要统帅有统帅，萧何的后勤保障更是首屈一指。曾经的楚河汉界已是虚设。明修栈道，暗度陈仓，十面埋伏，四面楚歌！力拔山兮气盖世的西楚霸王，唯有徒呼虞兮虞兮奈若何！"汉兵已略地，四面楚歌声。大王意气尽，贱妾何聊生"！虞姬歌罢，一道寒光，放飞了体内的万朵桃花——美人的柔荑素手，借英雄腰下的秋水吴钩。

　　花谢。花飞。飞。漫天地，飞……

　　英雄的心，揉碎。

　　霸王怀中的虞姬，面色雪白，雪白。

她的桃花，面上的桃花，体内的桃花，千瓣万瓣，正在风的广袖中袅娜。

　　于是小小的泗水亭长摇身一变，端坐在龙椅上，成了汉高祖刘邦，冠冕堂皇。俟后，魏蜀吴，三分了汉家天下。三国归晋，偏安，南北对峙，由隋而唐——波澜壮阔，血雨腥风，江山屡易其主——这就是历史长河中的一千年之漫漫！足以令人动容，扼腕，拍案。可是，可是，我这厢正在荡气回肠，他那里轻轻地掷了一句"山中方一日"——立马如泄了气的皮球。反观我的壮怀激烈，或柔肠寸断，倒显滑稽可笑了。

　　是何许人也，如此的轻慢于我，不禁闪目观瞧。斯人，头上是青布包巾，身穿短褐粗布衫，足踏芒鞋，携一朽了柄的斤斧，抱拳问讯，自报名号，乃是晋人王质——千山踏遍，樵采度日的野樵。眉宇间自是有一股林下之风，疏星朗月，迥异凡俗。观棋烂柯的故事，儿时在夏夜的星空下，就于父亲的口入了我的耳，迷了我的心——今儿，三生有幸，得见故事中的主人公，自然是如遇故人，推心置腹。

　　作为喧嚣都市的现代人，樵采生涯，总是充满浓郁的浪漫主义色彩。松下结庐，背依青山，星月为伴，花鸟为邻。春晨夏夜，两只裤管总是湿湿的，穿林越岭，为雨露所沾濡；冬寒秋肃，霜雪为白，一双草屦，亦是不辞辛劳，万水千山踏遍。寻枯枝觅野藤，收成一担，行歌市上易米三升，自炊自造，无牵无萦，清苦自是清苦，心安身泰，夫复何求！箪食瓢饮，寻常岁月，却不料有怎样奇遇！

　　那是日日途经的再熟悉不过的一个谷口。那株时常歇担的乔松下，遇二童子对弈。髻髾双绾，广袖飘风，枰方子圆，各执黑白，落子叮叮——樵子一时竟看住了。口内噙了童子予的一枚硕大枣子，不饥不渴，忘了时辰。——"何不去"，一童子下了逐客令，樵子俯身欲拾起撂在地上的钢斧，当！的一声斧头落地——竟有怎样奇事，一盘棋的工夫，生生朽烂了斧柄！握着半截朽木，再看松下哪里还有童子的身影，棋枰，散乱的棋子，犹存，证明所遇非梦。四顾，已是暮霭沉沉，投林的飞鸟，疾疾，联翩来归。樵子亦满腹狐疑地踏上了归程。

"既归，无复时人"。

这么说吧，好比我就是那遇仙之人，于公元2008年七月一日入山，观棋，还家。城不复是我熟悉的城，人不复是我熟悉的人，日日走过的街巷，时时碰面的张王李赵的街坊，变戏法似的，他们一齐改变了模样！生于斯长于斯的故里，瞬间变作了异乡！我的目光是惶惑的，他们打量我的神情亦是古古怪怪的，与考古学家研究出土文物的样子相仿佛。怯怯一问，今夕何夕——2018年七月一日！

人世光阴，这般容易过得！荣辱，是非，成败，百年岁月，统统在时光里斧柄一般，腐烂。而仙人，只是一盘棋的闲逸。童子依旧是笑靥如花，眼眸清亮。

五千年古国，就是有这许多引人遐思的传奇，故事。说不尽道不完。

今日想起这一篇，是因为我一如晋人王质，入了山。即期盼又骇然，也遇见仙风道骨的童子，松下对弈。我是，观，还是，不观——这是个问题，我焦虑着。

从时间的链条上，脱掉那一环，我还没有足够的思想准备。

一行二十余人，甩开了城市的马达声声，呛人的汽车尾气，日复一日程序化的柴米油盐，经年积满案牍的办公桌，那竟是——取之不尽服之不竭的劳役。怎不欢喜雀跃！

午饭后登程，汽车里开足了冷气，由初始的惬意到中途的瑟瑟，不得不从旅行袋里掏出长袖衫披了。眼眸却定定地痴望着车窗外飞掠而过的碧绿的田畴，草舍，悠然踱步的黄牛，抑或羊群。好比久别的恋人，深情款款，难舍难分。两个小时的车程，终于从乌烟瘴气的凡尘进入油然一碧的清凉之境。山庄偎山临水，湖畔的老树撑起森森绿帐，坐在树下的木椅上，听鸟的浅唱低吟，看晶莹的青空上大朵大朵雪白的云，飘过来，荡过去；再热的风，拂过粼粼的广阔的水域，无垠的绿野，森林，吹到身上，黄天暑热，不是玉骨冰肌，亦是清凉无汗的好。男士们躲到开足冷气的房间里搓麻将去了；花枝招展的女红妆们擎了各色阳伞，叽叽喳喳，取景，引伴呼朋，摆足了 Pose，齐声大喊"茄子"——而我，隐在这树荫水畔，清风独享，云朵娱目，鸟语虫鸣，洗耳，真好。晚餐上，少不了颤巍巍肉嘟嘟的山木耳，鲜嫩碧绿香气四溢的清炒蕨菜，入口，如同吸风饮露，想必仙人的日子亦不过如此！只是酒盏狂飞，拼酒，酩酊烂醉，我这等隐于茶的茶客视为畏途。好在大家通通是醉眼迷离，白水亦可滥竽充数。夜了，迪厅里音乐震耳欲聋，大家，不拘男女老幼，官民人等，狂歌劲舞，霓虹闪烁——此等休闲，城市里尽有，何苦长途跋涉！悄悄的，闪了出来。外面的空气，洋溢着草木的气息，头顶星光璀璨，多好！走，离开嘈杂的山庄，沿着甬道，红砖铺成的甬道，踩在上面，不像城市的大理石，硬硬的，硌脚，透不过气——红砖踏上去不软不硬，走在上面，惬意，起劲，仿佛有回弹之力。一直拐进下午乘凉的湖畔树荫里——原来这里已是蛙声一片。呱呱呱，呱呱呱，呱呱呱——清风，流水，星光，彼此呼应着，交融着。我，贪婪地，启动周身所有的感官，眼，耳，鼻，舌，身，意，全心全意地，体悟，这天籁。沐浴，这天籁。大到尘俗污垢，利欲功名，小至家长里短，老人的疾患，孩子的学习，洗衣机里存了半缸的待洗的衣物，擦了又擦，永远拂之不去的灰尘，书橱上的，花瓶上的，屏风上的，地板上的，归根结底，都是心灵上的……诸多庸常琐碎的烦忧，通通，一洗而空！澄澈空明！渺远的水域，蛙鸣，呱呱呱，呱呱呱，时高，时低，时远，时近，波涛汹涌闪闪烁烁，与头顶无遮拦的浩瀚的星空，没有高楼遮蔽烟尘弥漫的灿烂的星空，仿佛，棋枰上的黑白子，在对弈。天与地，在对弈。我，便是那樵子，观棋不语，忘了饥渴，烂了斧柯。

　　夜阑，梦回，枕上时闻山风翻阅树叶的哗哗声，间或有一股子泠泠夜露浸润草木的青涩的之气，潜窗入户。

　　山中一日，失落红尘，但愿，不要，"既归，无复时人"，便好。

　　对了，忘了交代，此山，名之为"灵台方寸山"。

天哪

  清晨醒来还蒙胧着睡眼就习惯性去摸手机。
  这小东西分明是众神送给潘多拉的盒子，我们便是赫菲斯托斯秉承宙斯旨意用黏土团成的蠢妇潘多拉那该剁的爪子。"盒子"打开，憋了一宿的信息如红了眼的困兽龇着獠牙嘶吼而来，又如信息库泄洪，滚滚滔滔几欲淹没我。"洪峰"过后，"水面"不知漂浮了多少老老少少时间的"尸骸"，有限的生命就这样被一寸寸蚕食乃至鲸吞。一抬头，"寸阴尺璧"四个颜体大字铁青着脸（书柜顶上的条幅），好比威严的戒尺，无声地敲击我的脑壳。对老祖宗的某些话，我这不肖子孙还算听得。立刻警醒，拿出壮士断腕的勇气，塞臭袜子似地把手机塞到枕头底下。
  这才打着哈欠，懒洋洋地伸个懒腰，推开被子，起身下床。如厕。烧水。开窗。沏茶。一连串规定动作。只不过以往常常要窝在被窝里等现代传媒的"洪峰"过后迫于上班时间或膀胱的压力，才恋恋不舍地开始走"程序"。
  看来时不时用祖宗的"戒尺"来敲打敲打自己非常必要。

也许列为看官要骂我这九斤老太的句式，散发一股子霉味了。霉了的，是遗体，独存的，是包裹尸身的金缕玉衣。我自认为，自制的洛阳铲从古墓中（传统文化）"盗取"的，是"玉片"，或者退一步说，至少是"瓷片"，反正是不因时间侵蚀而改变的。经受住时间考验的东西，请允许我以对待真理或近似真理的态度而待之。不敢说发冢得珠，鄙人既不是庄周笔下的那个趴在古墓口发号司令的大儒也不是勇敢跳到墓穴里的小儒——和尚念经般嘀咕着"青青之麦，生于陵陂。生不布施，死何含珠为"，嘴不闲着，手也不闲着，把墓主按、压、控、别，一番折腾，方得珠。描述这场景时南华真人用了漫画式的语言，对二儒进行了无情的嘲讽。我们不是南华真人，甚至连宋国的漆园吏也不是，更奢谈一个"傲"字？（庄子时人称之为"漆园傲吏"）佛家有句话，狮子能跳过的地方，如果兔子也跟着去跳，一定会摔得粉身碎骨。根基不同、境界不同、站位不同、对象不同、语境不同，不能机械照抄照搬《庄子》的字面意思，机械照抄照搬往往是对原著最大的歪曲。以我现今的境界，针对当下社会状况以及舆情，反而觉得盗墓的儒者是大可肯定的，弃尸得珠，在哲学上谓之"扬弃"，也就是迅哥儿所提倡的"拿来主义"。

这样不着边际思忖着，从卫生间出来直奔厨房，哗哗哗打开水龙头放一会儿水管里的水，等夜来管子里浑浊的存水流得差不多了，才拿壶接满清水坐到煤气灶上，啪，蓝色的火苗也口渴似的伸出长舌不住地舔着壶底儿。

这边烧着开水，反身折回卧室开窗通风。

在推开窗子的一瞬间，才完完全全把自己从那迷迷瞪瞪的状态唤醒。我不知如何更好地表达那种感觉。对，是吓醒的。被天空吓醒的。天哪！天哪！艳蓝艳蓝艳蓝的天哪！俨然被泰山所倾倒的刘彻脱口而出的那连珠炮也似的惊叹号（"高矣、极矣、大矣、特矣、壮矣、赫矣、骇矣、惑矣。"）美得我要捶胸顿足了！活了几十年了，初次见！初次见！

自然之美，真的会吓人一跳！那种美法，没法说！在我漫不经心打开窗子，这蓝天以他的清明、纯净、新鲜、明媚，袭击了我。袭击我的一刹那顷，就撞翻了我的大脑词库，啪嗒，蹦出来的就是"艳蓝"这个词儿。没错！就是艳蓝！下意识的反应，往往是最接近事物真相的。文绉绉的陈词叫"妙手偶得"。意思大概齐吧。按说我的大脑词库虽然谈不上丰盈，可与蓝天有关的词汇选项还是有几个的，诸如蔚蓝、湛蓝、瓦蓝，这是最俗见的。我自己在文章里用过的还有嫩蓝、晶蓝、靛蓝、宝蓝，以及严净的淡蓝色，用以描述儿时故乡大雪初霁后天空的澄澈与空灵。知道的还有闪蓝色、钢蓝色、雪青色。然而没有艳蓝。我粗略地盘点了下我的词库库存，没有"艳蓝"这个词。换言之，这个词于我而言，是触景生情灵光一闪快速合成的，然后受了神启般，啪嗒，从虚空落入尘寰，打在我的脚面上，等我弯腰拾起，虔诚地反复玩味其不同寻常的内涵。

这蓝，不是万里无云，而是从重重叠叠的云隙中透出来的底色。白云也不是雪白，而是虚灵如海派画家陆俨少的手笔，流苏纷披、轻纱飘逸。不是夏秋时节常见的一朵一朵简直可以承重的白棉朵，而是烟轻雾薄的鲁缟齐纨，且不停地在浮动，袅娜、游弋……确切地说，是在变幻。天是海吗，却有比海更奇幻、澄明而鲜艳的蓝，那么多美丽缤纷的云彩在上面演绎各种云纹。此刻，扔掉手机、ipad，我就像几千年前生活在农耕文明时的先民一样，看着地球这巨大的屏保——天空，被他出神入化的美丽震得目瞪口呆！

隔了浩浩时空，以先民们用虔诚的目光膜拜过的云天为灵媒，我隐隐感知了他们怦怦的心音，起始还辨得清是从时光深处迢递而来，怦怦怦，怦怦怦，自弱而强，与自己的心跳遥相呼应，仿佛从时光轴的两端同时发声的两个声部，历史与现实，老干与新枝，光与影，泾渭分明而又交叠映衬。随着音乐旋律螺旋式的递进攀升，终于与自己的心跳混而为一。不只是捕捉历史声波的听觉从日常的沉睡中苏醒、壮大，变得异乎寻常地敏锐，视觉也愈来愈清晰。但见先民们从仰望天空的惊艳、震撼、冥想中缓过神来，咿呀学语的婴儿般，以人间各种材质为依托，来模拟美丽天空及空中千变万化的云——在仰韶的彩陶上、绿锈重重的三代彝鼎上、如鸟斯革如翚斯飞的恢弘殿宇不可或缺的瓦当上、腾蛟起凤色泽绚丽的云锦上……他们以此种独特的表达方式，在向承载日月星辰、深情护佑覆盖他们的美丽青空，致敬。

孔府旧藏的明代衍圣公的朝服，明蓝地妆花纱蟒衣，在亮地纱上，织暗花四合如意连云纹。交领、右衽、长阔袖，镶本色料领缘，加白暗花纱护领。活泼的云纹使朝服的典雅庄重平添了几许灵动。白暗花纱护领与明蓝底儿衣料相互映衬，收到了蓝蓝天上白云飘的理想效果。

"红四合如意云纹地、织金妆花纱、龙袍料"，对于这一长串冗长拗口的云锦名，为了读起来简便些我擅自给它如此断句。那年在南京云锦博物馆我是大开眼界。但见在聚光灯下，这件云锦龙袍金翠交辉，瑞气腾腾。这是定陵发掘出土的明万历皇帝龙袍的复制品，据说是南京云锦研究所三位大师耗时5年的心血之作。

如果说古人的仰望云天、临摹云纹，是在向湛湛青天、向人类所依恃的伟大自然的虔诚顶礼，那么今人对云锦的复制，同样是在向敬畏自然巧思无限的祖先致敬。或者说，在现代化的今天，织锦大师们手足并用，在古老的提花木织机的吱吱呀呀声中，全神贯注地提经、织纬、妆金敷彩，这本身就是今人与古人与自然的一种意味深长的对话。

而这场对话一样起始于我们对云天的仰望。云锦大师们能够"天上取样人间织"，我却只能在仰望中澄怀格物，使"毫发常重泰山轻"的人间万事在内心回归本位，让毫发归于毫发，让泰山归于泰山，而不是本末倒置，作那迷于尘世的颠倒人，可怜可悲复可恶的人。

今天我之所以看到如此美丽的云天而惊诧、狂喜、忘乎所以、浮想联翩乃至喋喋不休写下这些文字，是因为污染日益严重的今天，能享受到如此美丽的天空已经变成可遇不可求的一件大难事了！

不说雾霾肆虐的帝都。但说生态保持还算可以的塞北冰城，自元旦一连七八天都是雾霾，雾霾，雾霾。开春后还好些，也是隔三差五就摆开了迷魂阵，迷迷蒙蒙混混沌沌。前段时间我有幸到我们华夏文明的发祥地中原一带走了走，瞻仰了端庄慈慧的卢舍那大佛，拜会了国色天香的洛阳牡丹，见识了峻极于天的中岳嵩山，浏览了开封古城的宋都御街——然而这一切没有一天是在蓝天下进行的，一直是云里雾里，实际是在"霾"里。

毫不夸张地说，在中原之行长达半个月的时间里，没有一天我见过蓝天。

回归塞北，今天早晨意外瞥见这么澄澈鲜艳的蓝天与飘逸的白云，我高兴得手舞足蹈语无伦次也就可以理解了吧！

佛家有一说，环境追根溯源都是我们心灵的外化。就是说环境的污染源自心灵的污染。那么当务之急，扫除阴霾自我们的内心开始。把陀螺般追逐物欲的脚步慢下来，慢些，再慢些。把内心的欲望降下来，减之，再减之。然后希望有一天，我们也能像阳明先生一样淡淡地说一句，此心光明，夫复何求。

艳蓝的青空下，北国正新春，嫩柳摇金，桃李初花，乍暖还寒的春风中，就着书桌上刚沏的一杯绿茶，怀着喜忧参半的心情，写下了上面这些不知深浅的话。

别的做起来或许有点难，至少可以少摆弄摆弄手机这样的"人工智能"，而多花一点时间去观照下头顶的蓝天，那是造物主写给人类永远也读不完、常读常新的一部天书——自然是在还有蓝天的情况下。否则，后人再读到我们乃至先人曾经描写蓝天的文字，也会名之以荒诞不经的"神话"或"谎言"，因为他们从来未曾得见过蓝天的模样。

不知落叶满长安

　　有花香，鸟语，虫鸣，有清风，明月，流云，只要不是过分凛冽——我都是欣然，怡然地，敞着窗子，在枕上安眠。无非是多加一层被子罢了。

　　时令过了立秋，枕上时闻秋风漫过窗前那一排高大的白杨树的繁萧。晚凉新浴，纯棉月白底儿的睡衣上，桃花瓣永远是纷纷扬扬，这般柔美的意象，每每穿在身上，恍惚闻得到晒了艳阳，又沐过如酥细雨的花瓣的，湿漉漉粉香。那个春日迟迟的日子，携了女伴儿，商场里闲逛，琳琅满目的商品中，一眼瞥见它，再不肯移步：怜惜地摩挲着，纯棉的质地，柔和，体贴；抱着它，就如同用衣襟兜了整个春天的落花儿；浴后穿上它呀，就是把整个春天收集来的花瓣，缓缓洒落。秋风飒飒的夜晚，长空银河滔滔，却只能是潜藏心底的对儿时故乡的印记，都市中早已无从得见。好在居所南向的窗子，恰临一所中学的操场，操场四周布满了碗口粗的白杨树。植被的茂密，无疑是小鸟，蝴蝶，蜻蜓，蟋蟀等小生命的天堂。在秋凉若水的静夜，时闻秋虫断断续续的短吟低唱，像白露一样明亮。

"闺中少妇不知愁,春日凝妆上翠楼。忽见陌头杨柳色,悔教夫婿觅封侯"。床头柜上的 CD 机里传出的唐诗吟诵也来凑趣,不禁使人有时空倒错,季节颠倒之感,春与秋纠结,缠绕,在心里打了千千结。原来媚人的艳阳下,瓦蓝的天空中,春日那样娇怯照眼,漾着晴光的叶芽,却只逗引情丝惹恨牵愁,令一千多年前的那个盛装严饰的唐代女子,不知所以。阳光撩人,和风亦柔媚得令人无所适从,让伊心里慌慌的,空荡荡的,怀着那样复杂的心情,揭帘搴裳,迫不及待地来凭栏眺远,一探究竟——呀!参差十万人家已笼在淡淡的绿烟中,春色早已在陌头的杨柳枝上,熏熏然。紫燕双飞,在帘幕间,在已然柔软,泛青,鼓出叶芽的枝柯间,跳跃,追逐,软语呢喃,商量不定——真个春色恼人!

想来这唐代女子亦是贪心的,既想让夫婿出人头地,博得个荫子封妻,又想香闺画眉,弄笔偎人,于月下,于花前——想要的也太多了吧!

拿浴巾擦干头发,思绪却依旧在那首唐诗里缠绕。

遂顺手按了 CD 暂停键。

窗外秋虫的叫声骤然明亮起来。

晚上便不能安榻,辗转反侧,好端端的睡眠被疾一阵缓一阵的虫鸣,啄得千疮百孔。

秋天的脚步总是这样快得令人跟不上节奏。

昨夜的风还让你感到舒爽,今晨就有了几分肃杀,不仅是赶尽了暑气,连续数日的浩荡长风,把窗前的杨树叶子,春日那如雾如烟,令思妇凭栏念远的娇嫩叶芽,齐齐敲打成黄金的色泽,一树一树黄金的叶子,在霜天净宇中,富丽堂皇;亦且有了金属的质感,长风穿林而过,如同天风环佩,琳琅在耳,有着严霜白露的寒凉。昨夜失眠的倦怠,也被迅疾的秋风荡涤干净。

北国的这个季节,的确是寸阴抵过连城之璧。除了冰封雪裹,最宜人，辽阔，最彰显我豪爽胸襟的，非秋天莫属。天空，高而远，任鸟飞，任龙翔，任鹏举，且各得其所，各得其乐，绝对相互无碍；一泻千里的蓝，几欲淹没我——把自己仰面平放在草野上，汹涌而来的，秋天的蓝，就是这样令人骇然，穹隆也似的天空，幽邃，神秘，又浩瀚。大朵大朵的云，洁白，柔软，和暖，无端的疑猜它有淡淡的香气，每每令我生出醉卧其间的欲望。葡萄美酒，或绿蚁新醅，总之，也就三杯两盏吧，我就飘飘然，以风为裳，以云为翼，回旋，轻飏，上升，翩翩地，翔。晒着暖洋洋的日头，任思绪流云般随天风浩荡散作一匹薄绢，翻飞，漫卷，袅着淡淡的白烟，横过无垠碧落。望天，卖呆儿，胡思乱想或给头脑格式化清零，都好。迷迷糊糊间，早已是日上中天，不像早起那般凉爽，太阳明晃晃照着，暑气升腾，身下的杂草，野艾，晒得软软的，一股子草野的药香气亦随暑气蒸腾而起。支起阳伞，换个姿势，避开耀眼的日头，在郁郁的药香中，沉沉睡去，弥补昨夜的失眠。

难道我就真有这般安闲？哪里，哪里，这一半，是我逆时光的激流而上，对无忧无虑的少年时的多情顾盼；另一半，是我摒弃了大都市的烦嚣，而忙中偷闲。放下洗衣机里半缸的脏衣服不顾，窗台，书桌，地板，梳妆镜，香水瓶，脂粉盒，多宝格上的真真假假的宝贝，五彩花觚，携酒寻芳的青花梅瓶，踏雪寻梅的灵璧石摆件，春风牡丹的苏绣屏风，渔樵耕读的香樟木挂屏——林林总总吧，应该洁净无尘的一切，均任它灰头土脸。看看中秋渐近，想有所作为的，都在思谋如何利用好节日契机，润滑润滑与上司的关系……这一切，不是不懂——可就是做不来。……（此处省略若干字）

值此佳日，还是受用这大好秋色吧！

先是去秋林买了果酱面包，手工和面，酒花发酵，纯硬杂木烘烤，表皮儿金黄酥脆，内瓤儿绵软，麦香味儿那个浓啊，拿在手上还是烫的，忍不住要吃上一口；再配上里道斯红肠，酸奶——蓝天旷野间，一个人席地而坐，听风吟鸟唱，观云卷云舒，不时有蜻蜓在身边飞来飞去，不管是红蜻蜓，绿蜻蜓，均忽闪着薄薄的透明的翅膀。不远处，荷塘里红愁绿暗，背阴儿的石头上苔痕斑斑。转过荷塘，隔一道栅栏就是波光粼粼的江面，旁边的江叉子里森森的芦苇，一齐扬起了白白的花絮，夕阳返照，在江风中摇曳，亦呈好看的胭脂色。按说此时正应菊花当令，野菊却一朵也不曾见。石捱水畔时时逢着一蓬蓬高挑，袅娜，柔韧，一身寒碧，开着灿烂黄花儿的植物，貌似向日葵，又比向日葵娇婉，清丽。高大繁茂的暴马丁香却是老相识，细雨春风里，曾经一树鲜绿，掩映繁花，要么皎若冰玉，要么灿若云锦，幽幽的蓝，怯怯的紫，羞色的红，细雨湿流光，好风频送我，冷香阵阵，醉得我忘了从何处来，亦忘了到何处去，绕树三匝，干脆择枝而栖。把自己变成一只蝶，蜂，或者鸟，雀。秋日里，他亦是老了英雄。叶子肥厚，墨绿，再不是鲜嫩照眼的明亮，低垂着头，憨憨欲睡的样子，结了沉甸甸的籽，一棵一棵地压弯了枝头。它也是想要的太多，如那唐诗里的女子，而不堪重负，而疲惫，而烦恼吗？

还初道人在《菜根谭》中说："岁月本长，而忙者自促；天地本宽，而卑者自隘；风花雪月本闲，而劳攘者自冗。"我这，也算因过竹院逢僧话，偷得浮生半日闲了。

天色不早了，西天的晚霞早已凝成远山的深黛，前方积木也似的俄式老屋竟出人意料地升起了久违的炊烟，不知那里是一直有人居住还只是城里人的所谓江北小别墅，抱柴，举火，暖灶，只是周末偶一为之的休闲曲目，不管怎样，晚炊的烟火总是让人感动，与草野的气息、鸟唱虫鸣与河流的奔腾不息及头顶的星光一样，令我倍感慰藉。晚来风急，林木呼啸落叶横飞，野草婆娑江涛阵阵，蚊子也嗡嗡嗡围着人打转。遂打道回府。尽管车马劳顿，星光下，秋风里，已然释未弛担的我，今晚，定然是香梦沉酣，而不知落叶满长安。

一任它——春红谢芳般繁丽，夏日骤雨般迅疾，雪舞长空般绵密！

第四辑　明月何时照我还

世事总是在拐角处出人意表

　　陡然间有了大把的时间。不再烟熏火燎切丝调味油煎火烹，而是安闲地，一杯咖啡几片饼干，优哉游哉对着窗外的风景，发呆。我特地把高高的吧台椅搬到窗前，这样视野更广阔些。窗前的广场上热闹非常，跳广场舞的大妈，轮滑的大孩子、小孩子、半大孩子，陪孩子的爸爸妈妈爷爷奶奶，手牵手的大情侣小情侣……外面越是热闹越发衬出家里的静。

　　多好啊，多难得啊。电视、网络、手机都被我屏蔽了。古有闭门即是深山一说，而在当下则是断网即是野人。野人好啊，我就当回野人吧。

　　野人自有野人的乐趣。花瓶中的康乃馨枯萎了，枯萎有枯萎的韵味。时光的腌制、空气与风的手泽、阳光的吻痕，一一呈现在曾经华艳丰腴而今褪了胭脂的清肃禅寂的干花上。它把以往一门心思外放的光华与芬芳一点一点往回敛，敛之又敛，收之又收，瘦成这一把萧森艳骨。与之相对，凡俗如我亦幻想摒弃尘世的浮花浪蕊转而追慕深山隐者的致虚极守静笃了。

唐人在诗歌里所吟咏的山空松子落，清泉煮白石，是静极之动，淡极之芳，活泼泼的。奈何溯游从之，道阻且长啊。我还是转而依恋人间烟火吧。

窗外不远不近不大不小恰到好处的"喧嚣"，也算我的"山空松子落"吧。一杯清咖，几片饼干，无疑就是"清泉煮白石"了。食毕，放下杯子，便跳下吧台椅开始琢磨插花。

把花束上淡紫色的包装纸拆掉，原先那么鲜润明艳的一大束花儿，只剩一把萧萧瘦骨。从红艳凝香到"老树枯藤"，由曾经的绮罗香而有了金石味。各有各的好法，难说谁比谁更怎样怎样，看各自的心情与口味吧。

眼下手中这几枝干花肯定是不能再插在这广口的青花瓷瓶里了。

当务之急我得给伊重新落户。酱紫色细嘴圆腹的土埻吧，显得这几枝干花过于萧瑟荒寒；精致细瓷儿的小花瓶吧，把伊反衬得过于憔悴枯槁，令观者有君生我未生，我生君已老的叹恨；绘有简笔图案的仿红山陶土瓶配上倒好，就是瓶口太阔——插花堪比觅知音，难免众里寻他千百度。

左顾右盼翻箱倒柜间，可算让我逮着了。

一只埻。土红色，六孔儿，上有纤笔勾勒的飞龙。这还是旧年我在北京地坛庙会上淘换的呢。开始我还呜呜地瞎吹一气，那来自地母的声音啊，浑厚苍古，那样好！所谓朴，所谓拙，就是这样吧。宝着，贝着，警告小喵千万别给我弄碎了，陶土烧的物件，可不经磕碰啊。磕碰倒没有，也不知是谁摆弄完就把埻撂在了窗台上。一天，我要把它归置到博古架上，顺手一拿，坏菜了！好好的一只埻，怎么就掉底了呢？把它翻来覆去地摆弄着，终于弄明白了。既不是摔的也不是碰的，是润物细无声的水惹的祸——冬季这个窗台渗水，日复一日，神不知鬼不觉间就把底给化掉了！真是百密一疏啊。恰如坑灰未冷山东乱——刘项原来不读书一样讽刺！好好的埙，就这样成了残器。

残器我也宝贝着，舍不得丢弃，搁在博古架上，冒充完整器。只是它又像足下的大地般深深地沉默了，不复发出呜呜呜的声响。

这会儿我异想天开要拿来插花！

一试，果然别开生面！这几朵暗红浅褐的干花就是这埙吹奏出的音乐吧！如是我闻啊！如是我闻！

世事总在拐角处出人意表。

先前的一切不过是铺垫——破损的破损，干枯的干枯，二者是八竿子也打不着地远。远如亚马逊河边热带雨林中一只煽动翅膀的蝴蝶，与飓风中一栋支离破碎的德克萨斯州小木屋。

自然，一般人等都是事后诸葛，回头看自然一目了然，而身处其中时的迷茫、沮丧是难免的——不纠缠、跳出来、少安毋躁、等一等，不知不觉间兴许拐点就到了。一盘死棋就此便活了！

蚀掉底的残损的埙。枯萎的花。忙中的闲，闹中的静。他们糅合在一块儿，便有意趣了。

这几朵暗红浅褐的干花就是这残埙吹奏出的乐音。

如是我闻啊！如是我闻！

秋之别调

　　秋，固然是天高地阔，云白风轻，然亦不独此飒爽一格，仿佛老杜的沉郁顿挫，亦不乏江碧鸟逾白，山青花欲燃之妍媚。比如今朝，眼下，时令已然是深秋，在荒僻的东北，漫天飞雪亦是稀松平常。秋风纵横，万木萧疏，翻飞的落叶填街布野，就更不消说。然而不。今早出门，风那个软呀，那个柔呀，无端地想起《石头记》的"软烟罗"，甚或绿烟红雾的西子湖的滟滟春波。之惬意，之温婉，之缠绵，之牵绊，伯仲难分。

　　黑色薄棉针织小衫，月白牛仔上装，仔裤——这等轻快的装束，在十月底的东北，冰城，几乎是想也不敢想的。而现在，恰恰好，不冷，不热。阳光，亦一反深秋时节惯常的冷漠，而娇艳，而旖旎，而芬芳。一恍惚，忘记了身处荒寒的塞北，倒像是走在秋日的故都。大大的柞树褐色的叶子，干枯的，多皱的，挂满树冠，一个劲地在绵软的风中招摇，哗啦哗啦，干花般，就是不凋，在落杨潇潇的黄金背景下，抱残守缺弹别调，每每令我感叹唏嘘。天空，晶晶的蓝。老柳树，黄绿杂糅，在风中曼妙纷披。只是少了掩映其中的红墙，灿然的琉璃瓦，或者苍青古朴的城楼——那古都的气息：大气，沉稳，艳而庄，红而静，不凌厉，不飞扬，内敛，含蓄，端雅！那故都的红墙呀！虽是一鳞半爪，车水马龙中不时闪过一截，亦好比探出柴门的一枝灼灼红杏，诱我遐思门内满园春色之烂漫难收。幽州燕地，元大都，一跃而为明清两朝的帝都，由苦寒的边塞而冠盖云集的首善之区，亦是沧桑之变。譬如河南，古称为豫，从安阳殷墟考古发现的大量象牙制品推断，殷商时河南中原一带大象如西双版纳一般，气候自然亦如彼一般和煦温润。牵三联四，以此类推，焉知我塞北的初冬不能嬗变为京津的温和舒适？

　　沧海亦扬尘，尚且不难，而况其余？我这小小的预言，指日可待，且拭目。

　　落叶满街红不扫。柔风漾漾，衣袂飘飘，满街巷的杂树黄花铺陈着金风的词章。

　　也许，过不了多少时日，六出奇花，一放，便掩了秋的丹枫金碧。

　　天地浑然一色的，洁净的，白。雪白。

　　嗨，我到底还是惦念了你。月移花影动，疑是玉人来。竟不是想了，而是，盼。

桃花叹

　　窗前亮着一树桃花，夭夭的，艳艳的，或者说，酽酽的——一切美好的事物，都好比手边的一盏茶：暖，且，香，淡淡的香。清，雅，绵延，回环，不绝如缕！对，就这四个字！真好。一树桃花，不绝如缕，是她的妍，她的芳。绵延迤逦，春色无边。嫩于金线而软于游丝，说的是早春柳枝儿的绵软，鹅黄，飘忽，在晓风中，漾呵漾——渐渐地，由浅及深；我是说，春，深了，便漾起了一股翡翠的烟波。桃花的绯红亦笼在翡翠的烟波里。翠烟红雾！明人袁宏道这样描摹早春的西湖。没办法，晚生了几百年，好景致已被前人道尽，美景当前，只会撷拾古人涕唾，亦是没法子的事情。花好，月圆，又有玉人来。风摇，竹动，更是心儿，怦怦。我是说，好比，莺莺私会张生——雨，来了，春雨，如雾，如烟，袅袅地，飘飘地，潇潇地，来与绿柳，桃红，偷期密会，婉转缠绵。

　　良辰美景奈何天啊。年少时对这句诗颇费疑猜。良辰对美景，好比棋逢对手，将遇良才；亦如玄宗的名花倾国，太白的云想花想，齐齐地潋滟在月下瑶池里。却原来，美，好，到了极致，也是会令人手足无措连呼奈何奈何奈若何啊！对于敏感脆弱的心灵，生命竟有不能承受之美。几百年前的杜丽娘，寂寞深闺的青春少女，面对着重重帘幕外的嫣红姹紫而尽付与断井颓垣，而伤怀，而低徊，也就顺理成章了。

"遍青山啼红了杜鹃，荼蘼外烟丝醉软。声声燕语明如剪，呖呖莺歌溜的圆"——呀，是春深如许，如花少女却只是幽闺自怜……百年后的花柳无限的大观园里，那个名唤黛玉的少女，走到梨香院的墙角外，听见墙内笛韵悠扬，歌声婉转，便知是那十二个女孩子在演习戏文。虽未留心听去，偶然两句吹到耳朵内，明明白白，一字不漏："良辰美景奈何天，赏心乐事谁家院？""只为你如花美眷，似水流年"——只这几句，就令黛玉不觉心动神摇，如痴如醉……一醉红尘若许年。一树桃花下，山子石上捧卷的我们，亦是久久地回不过神来。

桃花，香软，华美，娇羞带怯，润露含愁；缓缓绽放，炫目袭人，而终又袅娜随风——飘呵飘，一瓣儿，一瓣儿，花谢水流红！像极了曾经的繁华，富贵，绿玉，红香。

这才有坐破无数蒲团的头陀，在那个春日，一树耀眼的桃花前，忽地打破谜团，豁然开朗，当下顿悟——灵云志勤，灵云，灵云，禅师的名号分明是给这一树桃花的命名。

一树桃花撞红尘，少女就要伤春；士人就要感事伤怀；方外人则睹而悟道；身心修养大欠功夫的洒家，就只有站也不是，坐也不是，由慌慌然而惶惶然……胡兰成说，桃花难画，因要画得她静。真乃禅语！蜂舞蝶绕而仍能安安静静，何其难也！置身于桃花那撩人的嫣红妩媚、拂拂香气中，而仍神闲气定，一丝不乱；且能转而威慑得花枝乱颤的软玉温香亦端肃起来，恭而有礼

——并不比泰山崩于前而不惊不惧，容易。

霏霏细雨中，烟水迷蒙处，蓼溆花洲，淡淡的，一抹嫣红。或荡舟，或凭栏。茶，亦是淡的；酒，亦是薄的；偶一阵风吹，有一两瓣儿桃花，飘在杯盏里，亦是权且饮尽；饮尽，这花光，这软漾。

快乐渺似扁舟小

　　仿佛昨天还是落叶金黄，厚厚地铺满窄窄的人行道，我孩子似的欣喜，在上面使劲跺着脚，听树叶在脚下窸窸窣窣破碎的声音，竟没有一点点的心疼，而是有一种顽劣的破坏的快感。完完全全的孩子气嘛！且是淘气的坏孩子！秋风呼呼地吹着，身旁的老树摇晃着凋零着，树叶蝴蝶般在风中翻飞——风渐渐弱了息了，那"风中之蝶"也就迷惘了疲惫了折断了翅膀般纷纷跌落到地上。一片两片千片万片，一层一层黄金的叶子啊。秋天真是给孤独长者般的潇洒与豪奢！端的是黄金铺地的派头！怎不让人欢喜！

　　秋风镇日吹着。吹黄了野草吹落了树叶——金黄的叶子纷纷扬扬。我走在裹挟落叶的秋风里，内心那一点点的凄凉一点点的忧伤，旋即就被脚下唰拉唰拉踏碎落叶的乐音所惊扰，扑棱棱的麻雀般四散惊飞了——又不是辛弃疾笔下那不识愁滋味的少年，为赋新词强说愁。我老人家该是那少年的尊长了吧，所谓忧患中年是也！愁似天来大？管它呢！我寻找快乐还来不及呢，哪还有工夫去觅恨寻愁！因此走在落叶纷纷的秋风里也没心没肺不合时宜地嘴角眉梢都是笑！

好像落叶还不曾落尽，雪就迫不及待地洁白了这个世界。

下雪也喜兴呀！雪花袅袅婷婷飘飘漾漾又是别一番胜景。即便不是雪花儿，即便是雪珠儿，也是好的。最起码还驱散了多日盘踞不去的讨人厌的雾霾呢！由于雪，多日呛人的空气也得到净化了，天空也洁净了，大地也雪白了。什么污秽垃圾都被白茫茫的雪给遮掩了改造了脱胎换骨了！哈尔滨今年的初雪下了一整天了，晚饭后，我就按捺不住跑到雪地里啪嗒啪嗒地尽兴踩雪玩儿！真过瘾啊！在处女地般皎洁平整的雪地上留下自己一串串的脚印也是一种骄傲和胜利的喜悦！也是狂野与贪婪！像初吻也像盖章——好不地道的联想！还是就此打住！修行人更要管住自己的身口意！这洁白的大地更像是巨大的生宣，这样想来就忍不住要把笔泼墨——恰好，手上戴着黑皮手套不就是再好不过的毛笔嘛，真草篆隶就不提了，洒家也着实没有那个水平，就随意瞎写吧："玉乾坤"——嗯，写罢，退后几步细细端详一下自己的"墨宝"，算啦算啦，凑合凑合自己陪自己写着玩吧！又不是书法家，真是！接下来又写"莫教踏碎琼瑶"——足见我一片怜香惜玉之情！

雪中广场那个新建的欧式小城堡灯火璀璨，一团暖融融金色的光晕在迷蒙的雪幕中，童话似的美好。一时间心血来潮，我一并把它收入镜头。

自黄金之秋到白玉之冬，忧患的我疲惫的我伤痛的我，微乎其微的小快乐确是真金白银般美好。遂重拾快要生了荆棘的拙笔，把这无边苦海中一叶扁舟似的渺茫的快乐记录在案，否则惊涛骇浪中倾覆了就渺不可寻了，岂不可惜！

注：给孤独长者，是佛经中的人物，他以黄金铺地，换来了祇陀太子的园林，建了祇园精舍。

钓月，担花，归去来

　　一方沃土，宜楸，宜柏，宜桑。树干将将一两把粗，便斩而为系猴子的木桩；长到三四围粗，高门大户便寻去做华屋广厦的梁柱；等到七八围粗，愈加不妙了，就要被做成棺椁埋到深深的地下，去陪伴达官富贾的臭皮囊了。以此绿叶青枝亭亭华盖，诀别，灿灿金阳团团玉露，令鸟雀失巢嘤嘤而泣，明月皎皎无枝可栖彷徨天际。痛何如哉。

　　这一切，都没有逃过栎树的炯炯慧眼。

　　于是，栎树前所未有的葳蕤起来。

　　仰视其枝，弯弯曲曲不中绳墨；俯视其根，中空腐朽不堪为用。徒有巍巍之貌，"以为舟则沉，以为器则速朽，以为门户则液樠，以为柱则蠹"。此谓之散木也！

　　匠人掷斧而叹！

　　这就是庄子给我们讲述的寓言！

　　初次得知《三国演义》的作者罗贯中道号湖海散人，庄周笔下的这本散木便恣肆横出，与人合而为一了。

147

话说湖海散人生逢元末明初的乱世，怀抱修齐治平的儒家理想，满腔热情投入起义军张士诚的麾下，欲有所为也。其间际遇没有可靠的史料为佐证，不甚了了。但不难揣度，退而结庐著述，无疑是借他人酒杯浇我胸中块垒。一部三国，说尽了兴亡！从东汉末年（公元184）黄巾起义至三国割据鼎立，离合纷争，最后晋主司马氏崛起，篡魏，亡蜀，灭吴，江山复归一统。瞬息万变的政治风云，惊魂动魄的刀光剑影，电光石火的智慧比拼，奇峰迭起云蒸霞蔚的故事情节，更不消说个性鲜明呼之欲出的上百个艺术形象，林林总总不一而足。年少时，对第四十五回书"三江口曹操斩兵，群英会蒋干中计"情有独钟。那正是赤壁之战的前夜。周公瑾的同窗蒋子翼在曹公面前夸下海口，欲以三寸不烂之舌说周郎来降。一童随往，二仆架舟，蒋干，葛巾布袍，飘然而至。闻讯，周郎已是心下雪亮。甫见面，周郎就封住了蒋干的口。从此蒋干处处被动，被周郎牵着鼻子走，乖乖就范。其间的故事情节已是妇孺皆知，无需赘述。彼时，小周郎以青春美质，统帅万马千军，即将建不世之功勋，张华灯，列绮宴，举金樽，焉得不醉！舞剑作歌。歌曰：

　　丈夫处世兮立功名，立功名兮慰平生。

　　慰平生兮吾将醉，吾将醉兮发狂吟！

　　每读至此，不禁壮怀激烈气血翻涌，顿生提携玉龙为君死的万丈豪情！偷来父亲的老白干，猛灌一口，以体味英雄醉舞踏歌的情怀。虽然呛得我摇头吐舌眼泪直流，亦是快哉快哉！真是少年情怀总是诗，人届中年，更看重周瑜舞剑作歌前的一番慷慨陈词："大丈夫处世，遇知己之主，外托君臣之义，内结骨肉之恩，言必听，计必从，祸福共之。假使苏秦张仪陆贾郦生复出，口似悬河舌如利刃，安能动我心哉？"这与其说是周瑜的内心独白，毋宁说是湖海散人不得其主的深深怅惘。透过书中的字里行间，得窥作者胸中，丘壑纵横！知己之主，君臣之义，骨肉之恩，祸福与共。何其完美乃尔！真是寤寐思服辗转反侧。历史更多上演的是，飞鸟尽良弓藏狡兔死走狗烹敌国破谋臣亡！这也就不难理解前回书对刘玄德三顾茅庐的大书特书了。

这样一部充满济世情怀的英雄史诗，却以杨慎的一支萧然物外的临江仙来开篇，真是神来之笔。年少时怎能体味！总是匆匆掠过。及至一事无成两鬓丝，再度开卷，才了然于心。

滚滚长江东逝水，浪花淘尽英雄。

是非成败转头空。青山依旧在，几度夕阳红。

白发渔樵江渚上，惯看秋月春风。

一壶浊酒喜相逢。古今多少事，都付笑谈中。

飘逸。洒脱。灵动。月明风清。电视剧《三国演义》这支曲，过于雄浑，不得要旨。这支曲应是波澜不惊，举重若轻，风霜雨雪后的宁静。唯有此词压卷，一部说尽兴亡的浩繁巨帙，才能从容运笔，不沾不滞，不胶著于历史故事本身，回旋而上，逾攀逾险，逾险逾奇，跃上理性的巅峰，回视天崩地坼的沧桑巨变，原来只是遥望齐州九点烟，一泓海水杯中泻。如此而已！气势恢宏的史诗，由此臻于禅境。

操瓠者亦完成了从楸，柏，桑，到以不材之材而得其天全的散木的蜕变。湖海散人完全取代了意气书生。

纵横捭阖不可一世的曹丞相，仅仅是为司马氏做嫁衣的一位裁缝。兢兢业业的裁缝。一刀一剪，一丝一缕，一针一线，从青葱少年到老耄昏聩。且老当益壮，不用扬鞭自奋蹄。为了司马氏的嫁衣，操劳一世，聪明一世。

隆中高卧待价而沽的卧龙先生，左将军宜城亭候大汉皇叔的屈尊三顾，就赚得其一生的鞠躬尽瘁死而后已。想想蜀国后期诸葛武侯的独木难支，呕心沥血也无力回天的窘况，生生辜负了草堂的迟迟春日，架上琴书，献果苍猿，听经老鹤！待到曾经的舌上鼓风雷，胸中换星斗，经纶补天手，都被五丈原的秋风轻轻吹散，功成身退携书归隐已成梦幻！

说不得也，说不得也，"看三国落泪，为古人担忧"，良有以也！

　　还是温一壶老酒烧一把红叶，古今多少事，统统拿来，给碧波上罢了钓竿，青山下收了斤斧，笑加加的樵子渔夫，下酒。真是始料未及！只因，美人自刎乌江岸，战火曾烧赤壁山，将军空老玉门关；而渔者自渔，绿柳穿红鲤，樵者自樵，松荫下枕石醉眠；秋月春风，春风秋月，等闲惯看。倦看。

　　钓月，担花，归去来！

从杨柳依依到雨雪霏霏

嫣红照眼,自然非桃花莫属,而以淡烟以微霭以垂睫低回,而令人欣然,怅然——定然是雾蒙蒙的柳烟。似怜,似怨,宜喜,宜嗔。绿柳才黄——半未均。夹河傍岸,玉树临风,一丝丝鹅黄的线,绵软,青涩,在迷蒙的雾气中,春冰初泮的水面上,依依。小鸟——自然是我所熟识的胖嘟嘟的小麻雀,陪我度过漫长严冬,在落光叶子覆着白雪的树枝上从来不曾谙哑它星光样璀璨的歌声;这可爱的小生灵,这会儿,干脆把丝丝柳线认作竖琴来抚弄,叽叽喳喳,叽叽喳喳,不管它角徵宫商,哪成个调调,只有洗耳静聆,才解,妙韵天成;且学童般顽劣,在柳丝上嬉戏,追逐,更有甚者,把作秋千来荡,那骤然压低的柳梢便在碧清的水面画起了圈圈涟漪——好听,好看,更洋溢着湿润润的草木初萌的欣欣之气。

时序总是这样的有条不紊。漫天的雪花,轻飏,轻飏,以洁白的童话开篇,轻吻你扬起的黑漆漆颤巍巍的长睫,饱满明净的青春的容颜,而后骤然凛冽,粗砺,横扫广袤的原野,远树苍黑,枯枝铁韵,欢快的

151

小河开始呜咽哽噎，直至凝成白亮亮的鉴人的明镜，等待穿得企鹅一般憨笨的孩童来上面蹒跚，滑翔，跌交；而那回旋的稚嫩粲然的童音——无疑是凌寒初坼的点点梅花，冷香细细，给寒凝的大地以盎然的生机。这小河竟然是胶片，金色的童年在上面录了影像，留待在康庄大道上也如履薄冰时，浑浊老眼噙了泪，回放。属于岁月深处的冬季。一杯腾着白烟的热茶。或弥漫苦香的滚烫的黑咖。一卷书。拥着绵软的锦被，斜靠床头。电视机熄了影像，CD 机的嵇康也铿然弦断，广陵散遂成绝响。夜，如此的静谧。手倦，抛书，蒙眬了睡眼。一任地中央火炉的煤火由金灿灿到白炽化而渐趋黯然。朔风愈发地强悍，摇撼窗前老树的枯枝，震颤有声——到底扰了清梦。揭帘外望，雪借风力风亦助了雪威，早已落了片白茫茫大地，且是干净！北国漆黑的冬夜，竟然是如此的皓皓之白！一向神往江南温润的我，也一并，深爱了这塞外的苦寒！

昔我往矣，杨柳依依；今我来思，雨雪霏霏。是谁在幽幽而叹，婉转回环，迤逦而来。拾起跌落床下的书策，秉烛观瞧，竟不是几千年前冒着大雪戍边回乡的兵卒——分明是我自己，在借这《诗经》里老兵陶制的酒杯，来浇胸中之块垒。人生总是杨柳依依的欢欣与不舍，接着便雨雪霏霏的冷寂与彷徨。"往矣""来思"，竟不是"我"，而是那亘古绵延的时间。"我"只是茫然地被动地随着它辗转。杨柳依依，雨雪霏霏，一圈，又一圈，周而复始。时光，永不老去——而窗外，滟滟清波倏忽间化为绿绿桑田，更何问窗里之人，魏耶晋耶。

这一番自说自话，着实惊吓了自家！

话说这日闲来无事，随意到网上闲逛。邂逅新散文网站的小马哥，招呼大家同题写作"我的 2008"——这么快就开始年终"盘点"了，直感骇然。一时半会儿还转不过劲来，对着屏幕怔了好大一会儿。

时光是多么的绵长，仿佛一条长长的射线，以我们的出生为起点，延伸开去。为了记录，规划，人为地把它划成均匀的等份，小的时间单位名之为"年"，大的为"世纪"。一个世纪，对于儿时无疑是天文数字。就是一年，我也长长过了夏季，而忘了冬季。在星光灿烂的夏夜，在庭院的老榆树下乘凉，坐在小板凳上数那永远也数不清的星星——我突发奇想：冬天为什么那么冷，难道冬天没有太阳吗？没有太阳，冬天岂不是漆黑的？然而我分明记得，冬天的早晨，亦是白亮亮的天色。这么说来，冬天还是有太阳的。既然有太阳，又为什么那么冷呐？浑脑筋还没有弄个清楚，就被妈妈喊去吃从井中吊出的西瓜。捧着沁凉流着蜜汁的西瓜，什么冷啊热啊，我也就懒得管它了。临了岁尾，小小的我，也学会扳着指头算计，还有几天过年，热切期盼着。长长是，在漫着大雪，玻璃窗结满厚厚冰凌花的清寒的早晨，蒙眬着睡眼，躺在被窝里就扯着喉咙大喊，"爸——爸，还有几天过——年"——"22 天"。"21 天"。"20 天"……在灶间忙着运煤生火的父亲不厌其烦地回应着。早上这一幕天天上演，我竟然不会做这样简单的运算！奇就奇在父亲也真耐烦！就在父女间这样日日清晨的一递一答间，新年，来了。我是多么欢欣！我 8 岁了！我长大了！我也可以背着书包上学了！作为小学生，"年"的意义仅仅意味着长大一岁，而暑期结束后的新学期，更具非凡的诱惑力。闲置一个暑期的校园，熟识，又陌生。花坛里花木葳蕤，蔓草丛生，无收无管，恣肆，放任，甚至有磅礴的意味。攒三聚四蓬蓬勃勃的扫帚梅，纤秀袅娜的腰身，高挑着心中的花朵，如蝶，似梦，单瓣的，轻盈的，五彩纷呈——橙橙的黄，淡淡的紫，喜洋洋的红，玉洁冰清的白，随风摇曳在绿蓬蓬的枝叶间，摇曳在凉秋九月无垠澄碧的青空下。多么纯净的时光！在历经人世的忧患，深夜执笔的当下，恍然嗅到岁月深处蜿蜒而至的暗香，飘忽不定，似花非花，更让人惜从教坠，有泪如倾！九月的北国，儿时的家乡，凉爽的风比田畴上纷飞的蜻蜓的翅翼更透明。天空瓦蓝，云朵洁白，阳光干爽，馨香。上间操时，走在二年级的队伍里，走在这无一不好的天日下，不由地挺直了腰板。我是多么的骄傲，我升级了，我是二年级了！看新入学的怯怯的一年级新生，越发地昂首阔步起来。

原来，童年是那样的渴望长大，就像现在的我，渴望，时光放缓它疾驰的脚步，一样。

然而，岁月的脚步不会为任何人而停歇，且愈来愈迅疾。到今年的8月15日，父亲已整整离开我8年了！忌日回家到他老人家的墓上祭扫。风日晴和，碧野无际，一抔黄土下，长眠着他老人家沧桑的灵魂！父亲的坟茔不远处，就是一排排高大金黄的向日葵，辽远的秋空下，芬芳的平芜上，照眼的明亮。且时见戴了草帽，摇着鞭子的农夫吆喝一两头牛或三五成群的羊。原来预想给父亲买一块墓地，我们姊妹几个踏看了这田园牧歌的所在，便打消了念头。冷冰冰的大理石墓碑，毫无个性而言的千人一面整齐划一的墓地，以父亲的个性，也不会喜欢。倒是这里，更贴近泥土，嘉禾，人间烟火。只当年方半百的父亲，陶渊明般，挂冠而去，垄亩躬耕，回归田园。

而今，我与父亲是隔了茫茫生死，来一递一答了。亦如，那漫着大雪，玻璃窗结满厚厚冰凌花的清寒的早晨，我扯着喉咙大喊——"爸——爸，还有几天过——年"；秋风掠过，青青墓草低覆下去，算是父亲对女儿呼唤的回应，亦如儿时一样，不厌其烦。

守在父亲墓前，直到日衔西山，暮色迷蒙，才踏上归程。回到城里，已是万家灯火。每一星灯火下，必然有年迈父母的慈颜，有滚烫浓香的晚餐，小儿女叽叽喳喳的琐碎与饶舌。人间到底还是令人留恋的。而躺在郊野的父亲，必定是寂寞的。这样想着，车过十字路口，时见有人在一堆一簇地笼火，焚烧纸钱。在暗夜中，火舌娇艳，甚或美丽，在我看来，因为暗合了我此时的心境。原来今日恰逢农历的7月半。一个令人温暖的日子。逝者依然珍藏在亲人们的心窝——葬于荒郊的一把寒灰，依然是亲人梦里血肉相连呼吸与共饥寒挂怀的亲人。在从前，是父亲在灯下的条案上一张一张地叠好黄裱纸，兜里揣上火柴，戒掉香烟的父亲也破例衔了一只，点燃，怕风大不好燃火，救急用。倘是年关，我便围上厚厚的围巾，携了柴坊里那只长木棍，迎风冒雪，找一十字路口，在雪地里画一个圈，开始给逝去的爷爷奶奶，并以此上溯到几辈的先人，我就不清楚了——送钱。这风雪暗夜的一簇簇跳动的火焰，多么温情，多么温暖——所谓的薪火相传，就是指此吧！我宁愿作此解。对于报章上每逢清明必疾呼禁止焚烧冥币提倡文明祭扫，坊间却置若罔闻依然故我，亦有深意存焉。

而今，该轮到我为父亲燃起这一簇温暖的火焰了。

天地如逆旅，我亦是行人。苏东坡这句话我还是从父亲口里知道的。生命的短暂，无常，以及由此引发的无奈，彷徨，貌似达观的自慰，尽在其中吧。

当岁月的激流无情地吞噬了生命的个体，依然柳绿，依然花红，依然紫陌红尘，尽有纷纷探春的人流。年年岁岁花相似，岁岁年年人不同。如此而已。

有道是，万物并作，吾以观其复。说这话的必然是日月运于掌，江河行于胸的圣者。

那鹤发童颜的老者，骑着青牛，西出函谷关，漫天的紫气，氤氲而芳菲，千年不散。

留下一代又一代的后人，随日月的流转，孤独茫然地旋转，从云鬓花颜到耳聋目眩；而圣者依然慧眼炯炯，静观其复。

苍茫的大海，又要扬起滚滚的尘埃。

圣者连一声叹息也无。

我的喋喋不休亦就此打住。且看窗外又是皓皓白雪，漫天匝地而来……

明月何时照我还

　　时令再是不错的。甫立秋，炽热的骄阳倏忽间变得凉薄爽脆，破署的金风好比卸了红妆而顶冠束带的美娇娘般，飒爽。倘使乡居，真是金不换的胜极韶华——多半，是我的自作多情，一厢情愿。
　　市廛中搅扰久了，耳蜗里都腻满了大工业的油垢。人流车海，摩肩接踵，人与人，车与车，更是人车之间。声声马达伴着漆黑的浓烟，凄厉的，愈来愈急促的喇叭，司机的头探出车窗，青筋暴跳，愤怒，急躁，使精致的五官扭曲变形，张口即是国骂，掷地亦作金石声。这样一幕，想必都市中的国人，早已司空见惯，听惯，受惯，如我。大家都忙呵，一忙，就难免浮躁，青筋暴跳。穷人忙着糊口，忙着兜售自己，忙着锲而不舍地索要远在天边近在眼前就是怎么也摸不着的工钱；富人忙着赚钱，赚更多的钱，更忙着琢磨怎样有品味地挥霍掉。诸如一掷千金买回一辆宝马代步，哪怕咫尺之遥，也不放弃乘宝马的那份荣耀。虽然身体已是"三高"，医生一再强调加强锻炼。锻炼是必须的，但不是现在。开动两条腿，去奔赴目的地，那叫寒酸；开动两条腿，在跑步机上热汗淋漓，那叫潇洒。二者有质的区别，万万不敢混淆。说到这里，也许会被列为看官哂笑，在下穷酸，斗胆揣测富贾的生活，露怯，是难免的。好有一比，说陕北的两位老乡，一碗糊汤落肚，半饥半饱，靠着墙根晒太阳，扪虱闲话。聊起京城里的皇上，不知天天吃甚。另一位老哥，见多识广的样子，轻蔑一笑，吃甚，那还用说，天天羊肉泡馍呗！听得这位老哥连连咋舌。这两位老乡就算有见识的了，若我，处于斯时斯地，会率先抢答，京城里的皇上，定是顿顿糊汤管够，不似我等这般苦楚，三根肠子，闲了两根半！见笑，见笑！皇帝，咱就不提了，估计在下的高论与这两位曝背扪虱的仁兄，难分伯仲。至于高居庙堂的紫绶金章，咱看不见摸不着，再瞎说，就不仅仅是贻笑大方了，在下亦是聪明得很，不说。沉居下僚的芝麻绿豆官，倒是司空见惯。那更是忙得很。白天忙着围着领导转，夜晚忙着思谋着如何围着领导转，转得恰到好处，转得自然而然，转得圆圆满满，转得利益最大化。这是系统工程，要时时察言观色，用心揣摩，要钱出钱，要力出力——要人，给人，舍不得孩子套不着狼！小官容易吗，上司一个脸子，够下边哆嗦半年的，整个太监转世似的，小心翼翼，伺候着！图什么，就图个日后也被人这么伺候！多年媳妇熬成婆！诸如此类，官民人等，通通忙得焦头烂额。

乡居，意念中的乡居，其气定神闲的意蕴，有如靖节先生胸中笔下的桃源般，焉能属于公元二十一世纪！沉湎于唐人诗意，流连于宋人评话。我在时光的这端，踮起脚尖，殷殷眺望，揉进二十年前故乡那袅袅炊烟，一泻千里的翠蓝的天！权当，沐浴，飞瀑流泉，万壑松涛，以期一洗尘垢，换骨脱胎！

土阶茅茨，瓦椽泥地，这再普通不过的乡野民居，隐在浩瀚汹涌的菽稷稻粱间。长风浩浩，掀舞起田畴远畈上的层层波浪，翡翠，朱红，金黄，甚而五色杂糅，亦是滚滚滔滔，哗哗作响，植物的馨香亦随风一波一波地荡漾，轻拍着劳人卧榻上的酣眠；再寻常不过的日子，披星，戴月，荷锄归，不惜白露沾裳；携篮进山，呼朋引伴，叽叽喳喳三三两两的妇孺，持斧樵采的少年郎，白发皤然面色黧黑，傍水野钓的老渔夫，即是不良于行的颤颤巍巍的看门老妪，一把碎米，在庭院中，亦诱得群鸡咕咕咕扑扇着翅膀众星拱月般围着你转……暮夜，那个静呀，牛羊归栏，鸡栖于埘，犬息于户，村落齐齐熄了灯盏，安眠。唯有草际鸣蛩，好似偏偏要与穹顶的群星，争妍，亦是斑斓，璀璨，照着大田里的泠泠白露。农业社会的人间烟火，寻常岁月，原来竟有着碧水涵珠青山蕴玉的珍重与雍容。

　　清晓，一声鸡唱，从梦的深处辗转而来，先是飘渺，继而嘹亮，更由独唱而彼此应和，高低错落，村头，巷尾，河畔，田间，忽南，忽北，忽东，忽西——犹若不断绽放在节日夜空的烟花，明明灭灭，绚烂，旖旎，令人振奋。不由人不效祖逖刘琨故事，而闻鸡起舞。推开粗布被，一骨碌爬起，晨雾从推开的窗户，吱扭作响的柴门，漾进来，一团团，一朵朵，携着森森凉意。雾越发的浓了，一波一波地向室内奔涌着，憨憨笨笨的木板床，虽曾描金绘凤，业已被岁月漂洗褪色的箱式衣柜，老旧斑驳的书橱……庸常平凡的家什一齐幻作海市蜃楼般神秘而绮靡。雾失楼台，月迷津渡。踩着白白的雾霭，漫然闲荡，好比初到天宫逍遥自在无牵无萦的太乙散仙齐天大圣。这福是不能多享的，果然。日头升高了，雾霭散尽，竟是个响晴的天儿！我亦从仙界堕落凡尘。早饭后，洗了碗碟，母亲便坐在檐下的小板凳上，拈针引线，串着那在庭院中晒得艳艳的一簸箕红椒；父亲则在牵牛花架下凭几看书，几上茶烟袅袅，漫着茉莉花的清馨。胭脂红，茄花紫，雪花白，一朵一朵的牵牛花，傍着繁茂翠绿的瀑流，笑逐颜开，清露溥溥。而隔了矮矮的篱笆墙，邻舍家堆了一庭院的金灿灿的玉米，在秋日的阳光下，不仅是炫目，更洋溢着喜盈盈甜津津的气息。在我家，父亲总是清闲的，像客。平时在几十里远的镇上上班，一周，也就星期天才回转。回来也是，品茶，读书，看报，贵族俨然。而母亲，从学校下班回来，侍弄庭院的花花草草，饲鸡，一日三餐，洗洗涮涮，缝缝补补，总是忙得团团转。争吵，磕碰，不大不小，亦是静水微澜。彼时，父亲便妥协了，忙不迭地过来帮帮忙，搭搭手。而更多的时候，是父亲愈帮愈忙，引来母亲一顿嗔叱。父亲便也恼了，自顾自去了。清闲的依然清闲，劳碌的更加劳碌，家里竟沉寂了。而秋天，偶一回家的父亲，亦是要无可奈何地合上厚厚的线装书，买秋菜，修火炕，积酸菜，至少可以卖卖力气，打打下手——秋收而冬藏，为迎接白雪漫漫的冬季做好准备。小孩子亦是闲不住的，打柴，大田里割下玉米秸，茄秧，绳索捆了，捎回家，亦是欣欣然。多半，这是男孩子的差事。不光是需要力气，亦需要技巧，宁是镰刀锋利，秸秆尤其茄秧亦是坚贞不屈，较劲的当儿，不留神，往往是锐利的刀锋伤到了手指。而扫落叶，则是唯美，浪漫，无疑是女孩子的专利了。唐人元微之在《遣悲怀》中有野蔬充膳，落叶添薪等语，小小年纪怎解其中酸辛，倒觉疏朗，清芬。甘长藿，口舌生津；仰古槐，落叶纷纷，这金色的蝴蝶在红泥火炉里曼舞轻歌，而窗外，是飞雪绵绵。基于小小的心灵里这般浪漫的想象，在秋风吹渭水，落叶满长安的季节，我便乐于作那"扑蝶人"，在万里秋空无垠旷野间。《石头记》里宝钗戏彩蝶，是从袖中取出扇子——想必是美人用来遮面的团扇。只见那一双蝴蝶忽起忽落，来来往往，穿花度柳，将欲过河去了，倒引得宝钗蹑手蹑脚的一直跟到池中滴翠亭上。北国的旷野自是雄奇壮阔，不比大观园的婉媚。我的"扑蝶"工具想必是大观园里的小姐少爷们摸也不曾摸过的，手推车，粗麻袋，绳索，扫帚，耙子。家伙粗归粗，笨归笨，却管用。宝钗是只管累得香汗淋淋，娇喘细细，却劳而无功，两手空空，不是宝钗戏蝶，倒是蝶戏宝钗。怎比我，橐橐满载，胜利凯旋。

  郊野，无边落木，潇潇。这金色的蝴蝶，漫天飞舞，回旋，翩跹，簌簌而下。华丽，张扬，庄严，旷达。树树飞花，夏日里遮过荫的每一片叶子，均翻成金黄，在翠蓝的天宇下，缥缈的平原上，这样豪奢雄浑的舞台背景，辉煌地舞蹈，和着秋风的急管繁弦。落叶的动态之美，不让飞花。《心地观经·序品》载，云光法师，高居法座，演说佛法，"六欲诸天来供养，天华（花）乱坠遍虚空。"以此类推，北国的清秋，犹若亲聆南朝高僧演说的佛法一样，能够净化人的身心，凡俗尽洗，表里澄澈，遂有金花乱坠之奇观。

暮色渐浓，脚踏着松软的落叶，推着手推车，车轮碾过一层一层的叶子，窸窸窣窣。晶莹明澈的秋空不时有雁阵掠过，逗引情思从飒爽的塞外随雁翼飞向温润和煦的南国。耳畔，霜风凄紧，四野，暮霭沉沉，前方的一排一排的白杨树，苍劲，挺拔，在霜风中虽已放飞了成千上万的金色的蝴蝶，依然是灿然生辉，一树金黄。金黄的不止是树叶，还有冉冉升起的圆月，自浩荡无际的湛湛蓝天。向着这轮金黄的明月，二十年前，这个孤独的女孩，寂寞的女孩，耽于幻想的女孩，携着她扑来的无数只金色的蝴蝶，撷拾的天女散落的金花，千朵万朵，以为赞献，义无反顾地，奔赴。

向着这轮挂在枝头的金黄的明月。

天色渐渐暗了，由蓝转黛，月亮亦皎若玉盘，清辉焕彩。除了四野忽远忽近忽高忽低的虫语，风掠过树林摇动枝柯的哗哗声，就是自己疾行踏过落叶的沙沙声，过于岑寂而不免惶惑。间或有农人的牛车晃晃悠悠相向而过。黑红脸膛的汉子，竟穿上了脏污的老棉袄，抱着鞭子，慵懒地坐在御者之位，车上玉米金黄，滚圆的大倭瓜，老绿，橘红，斑斑朱朱，爽脆的青萝卜，刚从地里起出，尖须上还沾着新鲜泥土。女人头上围着大红的头巾，身穿海蓝的土布罩衣，偎靠叠起的高高的玉米垛，随着老牛懒散的步履，惚兮恍兮沉沉欲睡，显然是劳作后的小憩。这样一架牛车，吱吱扭扭地蜗行在青空皓月下，收割后的原野上，即便是一错肩的短暂，亦使暮归的孤独的女孩，倍感踏实，亲香，和暖。在时光滔滔的急流里，我们遇见，相惜，相怜，甚至彼此芬芳缠绵，终究要诀别，哪怕你我已血肉相连。就是在无人的旷野，金黄的明月下，这一错肩的刹那，在二十年以后，流落繁华而苍凉的喧嚣都市后，依然频频入梦。如儿时在枕上跟父亲念熟的一首唐诗，效母亲初拈花针学绣，一枝枝不叫花瘦。始知，原初那样晶莹剔透的灵魂，已然坠入了红尘深处！这样千丝万缕的缠缚，牵挂，愈来愈紧，纵然青溟浩荡，朵朵祥云托着，炫目的，琼楼，玉宇，安能乘风归去？

等是有家归未得。熟读的刘长卿的一首五言绝句，《送灵澈上人》，横上心头。苍苍竹林寺，杳杳钟声晚。荷笠带斜阳，青山独归远。长云暧叇，夕阳散彩，金光如雾，如烟，自西天斜斜地射过来，笼着长亭，古道，蓁蓁莽莽。那孤独的远行人，衲衣，草屦，荷笠，弃了京华冠盖，轩冕，芳菲绮陌——挥别了相知的友人，在落日熔金的时辰。隐隐地听到苍苍竹林寺，那杳杳的钟声，在斜阳暮色里，山长水阔的，召唤。独自踏上归途，毅然决然，向着那苍郁葱翠的远山。

意念中的远山，必然不是岱华恒（衡）嵩，它超越凡尘，云霞明灭，偶露峥嵘。奔赴，必然是破钵芒鞋的孤独行旅。亦如，我这田园牧歌式的乡居的怀恋。亦如，二十年前，那个暮归的女孩，携着她扑来的无数只金色的蝴蝶，摭拾的天女散落的金花，千朵万朵，义无反顾地，奔赴。

向着那轮金黄的明月。

一瓢饮
——唱给自己听的辞旧歌

　　时光也是三千弱水吗，这一生的光阴也仅仅是上苍赐予的一瓢饮。怎能不涓滴如珠玉，宝之惜之，不敢荒废。然而我又收获了什么呢，惶惶几十载，除了鬓发苍然，朱颜不再，岁月又给了我什么呢，而自己又给了世界什么呢，苍苍者天茫茫者水，真个空空如也……

　　又是辞别旧岁的时候，一如风中的花瓣回望空空的花枝，哪怕有再多的不舍与流连，终究改变不了在岁月的长河漂泊的命运。今日挥别的旧岁何尝不是曩昔载欣载奔张开双臂热情相拥的新年——年年岁岁花相似，岁岁年年人不同，实则年年岁岁，花亦不是那朵花，人也不是那个人，年也不是那个年。这世界残酷的真相是没有人能两次踏入同一条河流。而时光，就是这样一条奔腾不息分分秒秒都在变的河流呀！

　　原来生命中的每一时每一刻啊，每一时每一刻的自己及际遇，都是绝版。

　　即是绝版，就拜请自己珍惜。

珍惜伤害你的人。他（她）让你深刻领悟己所不欲勿施于人的悲悯，且引以为戒。更要在心中宽恕他对你"不恰当"的言行。哪怕辱骂、诅咒、造谣中伤——污秽别人的人，结果是污人者必自污。一个人对别人做了什么，终究一切会反作用于其自身。这是娑婆世界唯一像太阳一样伟大的法则。我们要打开心结，不要被怨毒腐蚀了心灵。宽恕别人，就是解放自己，唯有如此，才能敞亮亮迎接崭新的日月。

珍惜爱你的人。他（她）是暑日清凉的华盖，是雪中送炭的那一个，他（她）是天使，是菩萨，是诺亚方舟，是大洪水退后衔着嫩绿橄榄枝的洁白的鸽子……

珍惜需要你伸出援手的人，不管他是你的亲人、陌生人、甚至有嫌隙的人。为亲人付出是自然而愉悦的。为需要帮助的陌路人付出，不说"扶危救困"这大的格局，仅仅给寒者以衣饥者以食，给心灰意懒者以良言抚慰，驱散心头的阴霾重新点燃生活的热情与勇气，就善莫大焉。这一切不必是"挟泰山以超北海"的超人才能胜任，这只是"为长者折枝"者流，你若推诿，是"不为也"，非"不能也"。一个真诚的微笑，一个热情的拥抱，一个饱含爱心的面包，一件御寒的棉衣，对一个陷入困境乃至绝境的人，就会感知这人世不都是倾轧、冷漠，还有这弥足珍贵的良善与温暖。即便我们的微薄之力，不足以令之"起死回生"也会有助于迷惘者从山重水复的迷途，转入柳暗花明之境。如果说为亲人的付出是理所应当的，向陌生人提供帮助体现的是人性的温暖，那么对曾经伤害过自己的人施以援手，则彰显施者人格的高贵。且化干戈为玉帛，前嫌尽释，随处春风。

珍惜坎坷，它磨砺你的意志；珍惜荣誉，它鞭策你勇敢前行；珍惜蓝天，白云，灿烂的阳光，叽叽喳喳可爱的小鸟，一茎碧草，一朵不起眼的小花，一粒稻谷，一杯水，一本书，一首美丽的音乐……更要珍惜这属于你的有限的光阴，一年又一年，一天又一天，时钟它滴滴哒哒马不停蹄……2015年过去了，365个日出日落也如白驹过隙转瞬无踪，2016年又不可抗拒地来了……我只知道上苍赐给我的"一瓢饮"日益减少——我要饮用，我要用来清洁自己的心灵，更要用来灌溉。"饮"以续命，"洁"以提升生命的境界，"灌溉"以报天地之大德，哪一点都不可轻忽。如此孜孜矻矻如切如磋如琢如磨，必将还原无暇白璧之初心。也不枉滚滚红尘走一遭。

对于2016年，我亦如此期许。

落花天

不大的商店却麻雀虽小五脏俱全。最令我流连忘返的，是二楼纺织柜台里一匹匹花色各异的纯棉花布。

当然，对于扯块花布这样的"大事"，无论如何都轮不到小孩子来做主，哪怕是给自己做新衣裳。啥时做、做啥样式的、选啥花色的，小孩子家家是一毫也做不得主的。能够跟屁虫似的尾随妈妈，踮着脚仰着头勉强够着高高的柜台，眼馋地摸一摸平铺柜台上的一匹匹花布，已是意外之喜。

如果哪块花布入了妈妈的"法眼"——不是由于那匹布的质地花色如何如何，而多半是价钱的缘故，不是质量原因打折的、就是便宜处理的布头儿。售货员——不是阿姨，而是我们同院的二大娘。若是成匹的布，她就麻利地打开来，把疵点指给妈妈看，一边说，不妨事的不妨事的。妈妈一边摩挲着布料一边盘算着扯多少、照正常价能省下多少、而省下的块八毛又能为家里添置点啥，或是吃的或是用的，最不济省出一袋盐一瓶醋，也是好的。得到妈妈的响应，二大娘把成匹的布用力抖开，用竹尺量。那尺子吸引着我。它该有年头了，上面也许涂了漆，也许没有，是被二大娘还有更多的老师傅的手触摸、擦拭，年深日久形成了包浆——"包浆"一词是文物收藏热的今天才知晓的，儿时咋知道这回事嘛！就是喜欢它的油润发亮！二大娘宝贝着呢，还在尺子尾巴上栓了块菱形的红布缨子，就像过年妈妈给我的小辫稍扎的红绫子。趁二大娘撂下尺子拿起剪刀的瞬间，我快速摸了一把，感觉滑滑的凉凉的。二大娘把量好的布剪了个小口儿，一眼瞥见我的手在尺子上，快速把它移柜台里，好像我能摸坏似的。回手咻啦一声响，把料子撕开、折好，用印有二商店店名的包装纸包上、拿纸绳系紧，放到妈妈的手里。若是布头嘛，二大娘拿尺子量下随口报出数来，或是一米三或是两米二，小块的够给我做件花衣裳，大块的妈妈一件袄罩下来还能剩个半截门帘儿；她边把布头搭在自己身上，边对妈妈说，看看多好看！妈妈退后几步，细细打量二大娘斜搭在肩上的料子。淡黄的底子上摇曳着细细的藤蔓，藤蔓上爬满淡绿的叶子，叶子中间点缀着零星的粉红色的小花儿，或打着花生米大的骨朵或盛开如五分硬币大。花儿的颜色也深浅不一，骨朵的颜色重些、大开的要淡些，也更鲜亮。把二大娘那张淡黄且稀稀疏疏点有几点雀斑的脸都照亮了。

这块花布最终做成了我初次跨进小学门槛穿的"礼服"。因此记得这样清晰。

实则前面的表述有一点不太准确。那时的花布就是花布，没有纯棉的概念。"纯棉"是现在的说法，以别于其他材质，诸如混纺、棉麻、化纤。而我儿时的花布，就是百分百棉布，没有那许多名堂。犹如老子《道德经》里"天下皆知美之为美，斯恶矣；皆知善之为善，斯不善已"——我的理解是，大家都知道美之所以美，这本身就是很坏的事情（一定是有"丑"存在了）；都知善之所以为善，这也不是件好事（一定有"恶"存在了）。同理，在"花布"前冠以"纯棉"的标签，预示着天然朴拙的"纯棉"一统天下的时代一去不返了。

果然。随着改革开放轻纺工业的发展,"的确良""涤卡"等涤纶化纤面料异军突起,那时候大家都为拥有一件靓丽挺阔时尚耐磨的化纤衣物为快事。一件在身,人前踱来踱去,在我那塞北小城,其可骄傲的程度足以与"衣锦还乡"的"锦"相媲美。可说来也怪。就在大家竞相追逐经拉又经拽、经洗又经晒的化纤面料时,据二大娘说有日本人来我小城,整匹整匹地买走已被我们冷落了的"花布"——少见多怪的小城人把这作为百思不解的新闻广为传播。被现代工业文明洗礼后,我们懂了,那日本人精得很呢!拨开化学面料显而易见的优点,终于体察到了难以忍受的缺点:不透气,不舒适,不环保。回头才知"纯棉"的好。经济起飞的日本不过是比我们先行一步。人类对"高大上"、对现代化的追逐,路数基本如此,兜了一大圈,最后还是回到最先出发的地方。

自然,棉布的缺点也是显而易见。最大的毛病就是不经穿,不耐久,易破损。纯棉时代,孩子身上胳膊肘儿、膝盖、领口儿等处,常见的补丁就是最有力的注脚。再有洗晒后易褪色也同样是棉布的"七寸"。工业时代崛起的化纤面料直奔棉布的"七寸"而来,一打一个准儿!但话说回来,从以人为本的理念出发,棉布的缺点与之优秀的品质诸如舒适、透气、吸汗、环保比起来算什么呢。无论是衣物、铺盖,棉布材质的,穿用得愈久——经汗浸、水洗、日晒,与肌肤的亲和力愈大,大到几乎"人衣合一""物我合一",归根结底是臻于"天人合一"的最高境界。这是化纤面料永远无法企及的。化纤面料与人永远有"隔",它是它,你是你,永远不能"水乳交融"。

以前各大百货商店还都有卖布匹的专柜,有事没事我都乐意去逛逛,就是不买,欣赏欣赏风格各异的花色布料,打开来比量比量,少不得扯一块,送到裁缝铺子里。接下来的日子,简直是扳着指头数着过,期盼新装上身的辰光。想象收腰、阔摆的银灰大衣下飘着一圈绿叶红花的裙摆，噔噔噔细跟儿长筒皮靴轻叩玉树琼枝的街头，漫天大雪中，新奇而浪漫。前刘海儿打了摩丝，夸张隆起，戴了指甲大的翠色耳饰，眉若远山，红唇娇艳，青春可真是傲娇。到底是年轻啊，头顶有三斗三升火，零下二十多度的严寒天气，脖子上只绕了一扣大红的棒针围巾，头上也不戴帽子。冷，是不怕的，怕的是弄坏了新做的发型。

而今商场里布匹已是芳踪难觅，犹如我那被风刀霜剑而凌迟的青春。要买花布得迢迢地跑到闹嚷嚷乱糟糟的服装城。路远，车也不便捷，一年也去不了一趟。不像以前，家门口的商店就有，顺脚就逛了。年龄渐长，那热闹喧嚣的地儿自然是少去了，对服饰的追求也由青春孟浪时的新奇特转到自然与舒适上了。那些洗得泛了白、越发轻柔绵软的花布裙衫，不再裹着青春的腰身，流光溢彩在城市的风景线上，却也退而不休，化为我日常家居服的体贴与宁馨——经过重新设计、裁剪、缝纫，我把曳地长裙改为舒适利索的裙裤、把碎花窄腰身的小衫"变身"为玲珑靠枕。

摆弄这花花绿绿的手工活计时，恰缝"淡烟疏雨落花天"。冷雨敲窗，清寒阵阵，花雨缤纷。停了针线，觉雨声越发紧了，站起身来舒活舒活筋骨，踱步窗前，推开窗，风雨扑面，不禁寒颤起来，抓了披肩裹上，才好些。但见前几天还满树繁华的桃杏已是红尘梦醒辗转随风。一时未免有无可奈何花落去之叹。想来，晏殊这句话真是大实话，倒是俞曲园那句"花落春犹在"过于牵强凑泊。细想也不奇怪，前者身处大宋承平日，统治者的信心和底气还是蛮足的，可以百无禁忌；而俞赶上的是颓唐末世，在应试诗里须平中翻奇，才出彩头，故而"花落春犹在"才令主考官曾国藩击节称赏。彼时大清国事已不可为，"无可奈何花落去"如何说得，犯忌讳。天朝上下都乐得自我催眠。可惜这牵强单薄的五个字如何支撑得住将倾的大厦！

我就没必要效颦催眠了。明摆着的。我所追慕的"纯棉"时代、青春年华，与把颓败的国势寄托于应考士子区区一句五言诗作为吉兆的天朝一样，是花谢水流红了。

别挣扎了。花落春犹在——哪有这回事。

凄风苦雨中但见一树一树的花下是落瓣如锦。碎锦。

煮壶茶吧，或者满斟绿醑。风寒，雨冷，暖气又早停了，灶上滚水的烟气在玻璃窗上凝结成幕布。潺潺雨声中，细瘦的小桃花儿那雪也似的落瓣差不多要飞尽花枝了。

姑且拈来下酒。或做茶点。

说着便徒劳地伸出了那捉花的手。

潋滟春芳

壹

岁阑,过了残腊便是正月新春。鳞次栉比的百货商场大型超市豪华酒楼,争先恐后地架起彩虹门披红挂绿妖娆起来;寻常巷陌的百姓人家,亦是家家结彩户户张灯,新春的脚步渐行渐近。

街巷上,庭院中,走廊里,熟识的或平素懒怠招呼漠然而过的邻里,只要腊月三十子夜的钟声敲过,甫见面就开口恭贺闭口吉祥,嘴都涂了蜜也似,亲热劲不亚于他乡遇故知。

最奇的,要数汉字里的"福"字,在新年里大出风头,浓墨重彩,玉饰金妆,有若二十年前过年的顽童,新衣新帽新鞋,打扮得花团锦簇,走街串巷,打闹嬉戏,提灯放炮,洋溢着甜津津的喜气。要说这"福"字,实则还要顽劣上十倍。打扮打扮,串串门子亦无可厚非,奇的是,"福"字们商量好了似的齐齐跑到千门万户中翻筋斗玩倒立拿大顶,功夫不让少林武僧一指禅。且一立就是一年。不偷懒不耍滑坚持立场不动摇；亦不嫌贫爱富，"福"字面前那才叫人人平等呢。金门玉户、豪华别墅；鸽子笼一般逼仄的单元楼、冷冰冰的防盗门；柴门荆扉吱扭作响，晶莹的玻璃窗，斑驳的泥土墙，酒肆中大得吓人的酒瓮，庄户人家灶台旁的水缸，稻米流脂包谷金黄、竹篾席子围起的圆滚滚的粮囤——到处都是"福"字们的练功场。只期待一声蓓蕾样稚嫩的童音，"爷爷，福倒了福倒了"，老人沟壑纵横的脸上便绽开一朵芳香四溢的花儿。与"福"字难分伯仲的还有诗——虽然眼下这个时代，诗几乎行将灭迹，诗人已成学富五车或略识之无的人们茶余饭后的笑柄，不说也罢。单说诗，从尘封的故纸堆中爬出，清泉沃面，兰麝熏衣，容光焕彩，更名易姓，管它五言七言，一律以"春"为姓，以"联"名之，红锦地衣随步皱，舞将起来。

高踞门楣，艳倚朱户，扬眉吐气，满面春风。

贰

说起把诗从竹简、卷轴、玉帛、花笺，恭请到门户上，这华夏文明的一大发明，还真绕不过那个距我千里之遥的蜀地，千载之前的孟昶。

说起孟昶，还真是个妙人。莺啼花乱，花瓣缤纷，呼童慢扫，留待舞人归的那份旖旎，如李后主；写一手音韵铿锵的瘦金体，以九五之尊屈就宣和画院院主的宋徽宗，朝喧弦管，暮列笙琶，一俟金人的铁骑把满目繁华踏得宫倾玉碎，身陷万里胡沙，期间的天上人间，亦依稀仿佛。一样的多才多艺，兰心惠性，只是入错了行，当了不该当的皇帝。亦让人生出美玉陷污淖的怜惜。《红楼梦》里曹雪芹让抱屈而夭的俏丫鬟晴雯作了芙蓉花花神，以慰痴公子宝玉之心。宝玉洒泪泣血，一字一咽，一句一啼，写成《芙蓉女儿诔》。以群芳之蕊，冰鲛之縠，沁芳之泉，枫露之茗，花前致祭。之所以提起这一节，是因为早在一千年前，后蜀主孟昶就践了芙蓉花神位。华光四射的芙蓉花到底归哪一位统摄，还颇费疑猜。

孟昶与芙蓉花到底是有甚深的瓜葛。蜀地说起来也是江河密布，这恰好对了木芙蓉的脾性。据《蜀梼杌》记载，后蜀皇帝孟昶在位时成都城遍插芙蓉，傍江河偎溪流，真真的临水照花，花开时节连绵四十里堆锦叠绣。又，以花蕊名其妃，冰肌玉骨，雪肤花容，参差是，我千年后的遥想。孟昶嗜白羊头，浸以红曲酒，酒味透骨，煮熟，切如纸薄，拿来进御，称"绯羊首"；亦喜食薯药，切片，莲粉拌匀，五味调和——清香扑鼻，既酥且脆，洁白如银，望之如月，宫中称为"月一盘"。富贵闲人怡红公子给探春送鲜荔枝，用的是缠丝白玛瑙碟子，他说这个碟子配上鲜荔枝才好看。不止艺术修养十分了得，更以皇帝之尊的孟昶，用什么器皿盛此"月一盘"？邢瓷类银，越瓷类玉。若说邢瓷，断乎不可，犯了色；越瓷有"千峰翠色"的美誉，盛此"月一盘"，越发的海碧天青，圆月皎然。但以孟昶的审美取向，类银类玉的瓷器，入不了他的法眼。溺器尚且黄金打制七宝镶嵌，更何以贮食——当年宋太祖的喟叹依稀在耳，我等亦不必费神妄拟。

没有深厚的文化内蕴，只知一味高乐，终致焚琴煮鹤，时下亦非鲜见，叹叹。孟昶却别开生面。亦是腊尽春回之日吧，一千年前的蜀地。锦帐梦回，椒房春暖，玉炉烟细。美人云鬟新绾罗袖慢揎，柔荑素手娇擎一盏春波绿——"酦醅初熟五云浆"，这可是瑶池宴上众仙家享用的哟，凑上鼻子嗅一嗅，千年后的我，犹扶残醉；宫娃跪进御苑新花儿——北地寒，不比蜀地，地气暖，彼时已是春光隐隐，而我的窗前，仍是白雪飘零——"红蕊轻轻嫩浅霞"，泫露欲坠；多么的令人欢喜！果然，龙心大悦。宫人趁此进呈学士辛寅逊新提桃符，御览，以辛词非工，诗兴大发不觉技痒，遂亲自搦管——千年后的我，屏住呼吸，蹑足定睛：

新——年——纳——余——庆；佳——节——号——长——春。

怎样十个焕彩大字！这可是中华历史上第一副春联哦！在蜀国的重重殿宇间，芳华艳艳！

我愿意如是观，多么的令人欢喜！

叁

长亭古道，西风瘦马。旧时，离乡背井的旅人，经荒村，宿野店，老木经霜，昏鸦争噪。远远的瞧见暮天上几缕孤烟，错过宿头的懊恼，倦怠的身心，亦有了安放的所在，脚下不由紧了几步。茅檐低小，槿篱环绕，扑棱棱窜上老树的群鸡，汪汪的犬吠，多么亲切的烟火人间味！风吹日晒褪了色的春联，紧傍柴扉，"忠厚传家久，诗书继世长"，恳切，憨直；推门而出的老丈，亦是古道热肠，揖让有度，举止安详——荒村僻野，犹显我上邦人物的风度呢！滚汤，热茶，䴥胡饭，月光明素盘；倘是春日，少不了唤出小儿女，顶着霏霏的细雨，田畔里剪了春韭，以供夕飱。道声简慢——莫说寡淡，的的是人生至味呢。

肆

浩浩荡荡，浩浩荡荡，自然是流水，更是流光。流光容易把人抛，红了樱桃，绿了芭蕉，白了鬓角。埋首经卷的士子，云生破衲的山僧，雾遮霞隐的羽士，四海宦游人，乃至高高在上的"孤家寡人"——各个阶层的国人，在年终岁首，犹如飘泊于岁月长河的一个滩头，渡口，瞻前顾后，不由你不感叹唏嘘！

盈袖的暗香，沾衣的清露，鬓边的黄花；兰舟，桂桨，藕花深处惊起的那一滩鸥鹭，你的翠袖，我的红裳，较花朵犹香，是青春的笑语，朗朗，而今都染了风霜。回顾所来径呵，苍苍——横翠微。恰值天寒日暮，岁月的长河奔腾急，嘈嘈切切，不舍昼夜，从不为任何人而稍作停息。当此际，任谁，亦是悲欣交集。于是，拈竹管，弄柔翰，舐重墨，在大红的彩笺上笔走龙蛇，真草篆隶不拘，平平仄仄，字字珠玑，均源于胸中丘壑！

伍

日子水一般的流转。户外，白雪纷然，室内，大红的彩纸喜气洋洋地延伸，铺展。出了一会神。继续折叠，裁剪。小女孩把笔舐墨，"妈妈，写什么？想好了吗？"——有了有了，我赶紧应承：上联是，千江有水千江月，下联配，万里东风万里春，横批嘛，焕然一新。小小的人儿，端坐于写字台前，认认真真地一笔一画书写着，大红的纸，沉沉的墨色，稚拙的字——一恍惚，我又回到了故乡的那个塞北小城。有着无际的旷野，无遮拦的万里青空。清一色或砖瓦或土坯的平房，没有高楼大厦钢筋混凝土的森林遮蔽视线切割天空。小城的青空是朗澈的，浑圆的，真的像敕勒歌所唱的，天似穹庐笼盖四野。小城以农业为主，些许几家企业，也就避免了大工业废水废气的污染。清贫，但举头有皓月青空，俯首是一眼望不到边的青纱帐，亦是其乐未央！正月里，到处是红彤彤的春联，映着皑皑白雪，有着梅花的俏丽与芬芳；草绿，桃红，鹅黄，玫瑰紫，各色的挂钱儿，在风雪中春幡一般的舞动，哗哗作响，多么叫人爱悦！在浩浩长风漫漫飞雪中，年少的我围着大红的围巾，踩着咯吱咯吱的积雪，避开喧嚣的锣鼓，独自一人，挨门傍户，细细玩味那些大红的春联。犹记那样一户人家，三间瓦房，漆黑的生铁大门，联语是平常的两句古诗，就虚拟了满园春色！"又是一年春草绿，依然十里杏花红"，在我心中激起了无限的春意！虽则是飞雪漫天，庭院中的几株老树，亦是枯枝萧瑟,我却当是踏雪江南,探得了梅花消息!竟然迷迷醉醉,任雪花落得满头满身皆是!

  那样怀着绮丽梦想的女孩,如今亦不过是喧嚣的都市里匆匆的人海中,顶平庸的妇人!为人妻为人母为人媳。朝九晚五按部就班,市嚣聒耳案牍劳形。油盐酱醋果蔬茶饭,日复一日晨炊夕爨!转眼间,女儿已能把笔撰写春联了,逝者如斯夫!再看看,一会儿工夫,女儿小脑门已是汗湿的了。写毕,小脸儿红扑扑的,兴奋,喜悦,亦有羞赧。不错不错,比妈妈强多了,喝口水,歇歇,不急写。我赶紧鼓励,喝彩。小小的人儿一鼓剩勇,"妈妈,快说下一副吧"!好,好。下一副就说——庭前苍松睡鹤,杯中月影花光,横批,潋滟春芳!嗯,女儿的字亦是比先儿放得开了,不那么紧张了。

  揭下旧符换上新桃。前一副张于户外,取辞旧迎新的意思;后一副贴于书房,权作望梅,实则是对五千年古国的庭院,回廊,松风,羽鹤的幽怨一瞥。

陆

  星移斗转,四时往复。春来,巷口的那株老柳树依然堆烟笼雾。彼时,床头案几上,总有一枝两枝的灼灼桃花或粲然的红杏,插在注有清水的青瓷花瓶里,日里夜里,清香不断。晨起,红的,粉的,香的,软的花瓣,落在枕畔。总有一刹那的恍惚。一瓣儿。一瓣儿。一瓣儿。默默地捡拾。仿佛,春天的叹息,眼泪,韶华的碎片。

  注释:进御,即进呈,恭敬地献上。

某某书院读树记

> 某某书院。
>
> 当然是"官学"。
>
> 书自然是没有的。
>
> 更不要跟我提什么棂星门、孔庙、泮池，我不知你在说些什么……
>
> 幸有嘉木千章。
>
> 我来书院自然不是来读书。
>
> 我来书院天天读的是树。
>
> ——题记

壹　长条似旧垂

甫进门，深柳读书堂这五个字便浮现脑际。

真的是深柳耶！我好信儿地大概数了数，围着铅灰色的小楼，前前后后左左右右，这样壮硕的老柳树怎么也有四五十株。本来有些呆头呆脑的建筑，在这些绿柳的簇拥下，竟也有了几分灵动与活泼。这些树显然是有年头了，这般高大英武，与袅袅婷婷玉立于湖边水湄的弱柳，大相径庭。

  该是旱柳吧。树围好粗，我两臂张开竟抱不拢。我一点儿也不顾惜她粗糙的树皮摩擦我的衣裳、乃至脸颊，我甚至把耳朵贴在树干上。自然没有和缓暖香的呼吸，胸脯的微微起伏，及怦怦的心音。但有风拂柳枝的飒飒声。寒雀扑棱翅膀拍打空气的声音，和它们在柳枝间追逐踏跳、如珠如玉的啼鸣。耳朵从黑褐的树干上移开，循声仰头看——高高的树梢越过了五楼的露台，长长的丝绦低垂着，依依顾盼着埋于土中的固柢深根。

  时令早是寒露已过。

  白杨、紫椴、花楸、蒙古栎、五色枫，叶子黄的黄红的红。出人意外的却是这老柳树，长条似旧垂，固执地绿着。

  秋风寒凉，几乎有了霜意。

  毛衫，夹克，长围巾，都已武装到位，故，冷我倒不惧，只感觉一种萧瑟与清寂。

  这几天天气也好。无雾霾。

  霜天净宇，风清云白，柳条纷披，飘来荡去。

  树太高了，只闻雀子叫。

  看不清它们胖嘟嘟麦麻黄的影子。

贰　松子落棋盘

  课上刚刚读到这样一首诗——课程嘛，基本是，"教授"一个人在自说自话，貌似真理在握实则谬误频出——这样说似不妥当，"谬误频出"

还是指在通篇主旨基本正确的基础上出现的错漏；而他们，无非是在臆想的"桂殿兰宫"上藻绘点染、赋形摘彩——沙子上建大厦，空中画楼阁而已。

我唯有私下里冷笑罢了。

任他喋喋不休风过耳，我是一卷在握，自是武陵溪上看桃花，往往奇遇。

今天"遇见"的是苍雪上人的一首题画诗：

"松下无人一局残，空山松子落棋盘。

神仙更有神仙着，毕竟输赢下不完。"

据说上人所题的是流传于崇祯年间的一幅画。画上虬松一株，屈曲盘旋，夭矫腾空。松下阒无人声。唯有斧劈刀削的一块青石。石上棋枰一，松果若干，疏疏落落，棋子宛然。留白处便是上人的这首诗。

这样一首诗配这样一幅画，令人脊梁骨嗖嗖冒凉风。联系到明清之际的天崩地坼，更是惊出一身冷汗。虽然课上暖气开得不是太足，谅不至此。我知道。

等午休时满院子溜达——我谓之"行散"，在楼后头蓦地撞见这株高可摩空的老龙鳞时，吓了一跳！是我一不小心阴差阳错误入晚明的那幅画里了吗？

青石是没有的。松子着实有一些。三三两两。实物比画作更大气。抬头望望天，低头看看地，这是苍天如圆盖，陆地作棋盘的意思吗。

回想课上诸人可笑可悲可叹可鄙的表演，更深一步领悟了那种醒世的味道。

是禅意吗？

不可说不可说一说就错？

哪有那么玄奥！

道理明摆着嘛，只是没有勇气承认罢了。

摩挲着老松下残枝朽叶中捡起的松果，迷你菠萝似的，起伏凸凹，玲珑有致。松风阵阵中，不禁出了神。

叁　金满祇园树

可能我是个没心没肺的人吧。秋风四起，梧叶飘黄，在古典诗人那里总脱不了忧伤的调子。

我则不然。

天，是一望无际的严净的淡蓝色，辉映着"黄金树"一列列一排排，加之空里流霜，落叶蝶舞，地上满铺，上下环顾，欣然，翩然，朗然，灿然，真是气派。

哗啦啦，哗啦啦，是风扫落叶的声音，也是纷纷坠叶敲阶砌，更是我林荫道上踏歌行，步步生金。循着黄叶径，宛若金莲步步，步步金莲，而况空中犹自纷纷然，且歌且舞且落。落在我的头发上、粘在绕项的红围巾皱褶里、挂在贴于胸前的挎包上，我也舍不得伸手拈它下来——权当簪星曳月金步摇，寒素如我，也陡然金尊玉贵起来。

哗，风来了，高入云天的白杨树，倏而变身为"金扬树"或"扬金树"，只见它黄金的冠冕（树冠）随风一摆，就放飞无数的金蝶。

那个露重霜寒的早晨，由于"移师"第二教学楼，越过翠柳苑，转过松风阁，我才得以"觐见"这金灿灿的"祇园树"——固然这是我私下里给它的命名。不名之以"无忧"，缘无迎迓"圣诞"的荣光；不称"菩提"，般若弗具，醍醐焉得；更非"娑罗双树"，不曾见证佛陀灭度，哪有什么香光庄严……

它们就是田间陌上、凡俗如我的白杨树。腰身笔直修长，枝叶蓬勃，向上舒展，高高的，直逼云天。经金风锻炼，严霜淬火，绿叶婆娑涅槃为片片金箔，树树生辉，铺天盖地，叶叶飞金。唰啦啦，唰啦啦，唰啦啦，到处洋溢着一股子喜气：是拘萨罗国的须达多长者在一掷千金，金叶铺地，感化祇陀太子，营建祇园精舍，迎奉大雄世尊来此说法吗？洒脱如斯，豪迈如斯，庄严如斯，虔敬如斯。懵懵懂懂间，时空错置，得以躬逢其盛？有了这样的呆念头，嗒嗒嗒一边踏着厚厚的落叶"行散"，我便自顾自把布满楼前空地的"黄金树"僭称为"祇园树"了。铺了厚厚的金叶的小操场，自然也"晋升"为"祇园"了。

爱煞了金风浩荡、落叶翻飞、铺了一层层厚厚金叶的"祇园"。早课前，午休时，晚课后，我通通把时光在此消磨！

看三三两两的同学林间漫步。看女孩笑靥如花打着Ｖ型手势在落叶缤纷中留影。看几个男生在"黄金树"旁油漆斑驳的篮球架下练习投篮：后退，运球，起跳，灌篮。动作如风，带起落叶在身后打了一个旋儿，旋即又皈依尘泥。仰脸看长尾巴的花喜鹊在高高的林梢儿盘旋，落下，喳喳几声，再次起飞，在空中划一道长长的弧线，一直没入"祇园"前面那个黑松林里。

"祇园"真好！

没有过分殷勤的扫把来破坏这"黄金铺地"的圣境。

不像城市，敬业的清洁工们视落叶、飞花、白雪——我们一向认为美的事物为寇仇，必除之而后快。把上天所播撒的金叶飞琼、彩锦轻罗，全然辜负，在它们袅袅飘落的一刹那顷，第一时间挥帚操箕使玉魄芳魂通通与垃圾为伍……

还是"祇园"好啊。

只是佛陀来未？

一问。再问。三问。

我就如那不走运的求法者，初问，人回，尚未。

入定待佛来。

再问，仍回，尚未。

又入定待佛。

三问，答曰，佛已灭度！

……

七世纪玄奘去祇园朝圣时，"都城荒颓""伽蓝数百，圮坏良多"。十九世纪末祇园等来的早已不是什么朝圣者，而是考古学家了……拥有十地严宫、旃檀妙香的祇树给孤独园尚且如此，更何况我这向壁虚构落叶西风的空中祇园呢……

补记此文时，冰城已经下了一场又一场的雪。我不知道那个有着嘉木千章的书院在白雪纷纷中又是怎样一番胜景。每一株树。每一片叶子。绿的柳条也好，松针也好。"祇园树"的金叶更好。花喜鹊。小麻雀。高人逸士当作棋子的玲珑的松果。　　……

它们想必也如我念着它们一样念着我这个喜之抚之怜之惜之的呆人吧。

你看，时光那翻云覆雨的手
——写在 16 与 17 的交界点上

"亭前垂柳珍重待春风"，真是一句内蕴丰富、耐人寻味的好诗。这句诗的九个字，每个都是先人从文山字海中精挑细选出来的。不仅字面含义好，更重要的是每个字都是九划（指繁体字而非简体字），九个字恰好是九九八十一划。我要一日一笔慢慢地描，在这张 16 开的纸上。今日"一点"，明日"一横"，后日"一竖""一撇"或"一捺"，不慌不忙，四平八稳，呵气如兰。到昨天恰好描完一个"亭"字。自今年冬至始，我不想再过那种"忙中无历日，寒尽不知年"的日子了，要换个活法。开始认认真真一日一笔地描我的九九消寒图。放慢日日奔忙疾驰的脚步，慢些，再慢些。慢得像手中拈着的描红的笔。

一向以抱瓮灌畦的汉阴老丈自居，对一切奇技淫巧都抱有十二分的警惕。作为不折不扣的"车盲"，于奔驰宝马，我便是那不辨菽麦的人，"出无车"是自然的了，近来索性连公交都免了，一步一个脚印地"安步以当车"。平平仄仄踏石有声的细高跟儿、半高跟儿、坡跟儿的长靴及短皮鞋一并搁置了，换上清一色的平底鞋，解放双脚，便于开动自家的"11"路，上班，下班，绿色出行，节能又环保。

只要有澄明的蓝天，而不是混混沌沌的雾霾；即便没有陌上花开，即便路旁都是些落尽叶子的老树枯藤，在岁末的寒风中，一片萧瑟；只要四围雪色中苍黑的老树上枯瘦的枝桠间还有墨团般的小麻雀三三两两甚至成群结队地栖息、蹦跳、飞鸣，我就有了放慢脚步的理由。如果时间允许，便干脆刹住脚步，一时对这幅现实版的枯树寒雀图竟看得出了神。看小麻雀们安闲地卧在风中摇晃的树枝上，望天，卖呆儿；相对靠近的两只间或彼此啁啾几声，发声短而弱，不是啼鸣，而是呢喃软语般闲话。聊的是什么呢，这得问公冶长。不过没有公冶长的本事也没关系，鸟语与花香都不需要翻译，就像音乐与微笑毋需翻译一样。夕阳雪色中的一株老榆树，老树的枝桠间暂栖着一群可爱的小生灵。没有叽叽喳喳叫个不停，而是含哺而熙，鼓腹而游，从容，恬淡，活泼，可爱。这边的一只在用尖尖的鸟喙有一下没一下地叨着树枝。冬天的枯树枝上有什么可吃的呢，也许它压根不是想吃什么，而只是玩儿，是消遣，是游戏。另一只则歪着小脑袋紧一下慢一下地梳理自己背部的羽毛。余者则或静卧小憩、或站在枝头东张西望、或闲庭信步般从这枝跳到那枝。

看着看着便有茶烟般淡淡清欢从心底袅袅而起，漫上微微上翘的嘴角、缭上眉梢。

忽而对面大马路上传来一阵急促的汽车喇叭声，分分钟就粉碎了这幅安宁和乐的寒雀图：它们倏忽而起，一哄而散，只剩下老榆树轻摇的树梢和雪地里几乎冻僵双脚的看得发呆的看客——我。

淡红的夕阳妩媚了司空见惯的楼群剪影。昨宵的一场雪还在小巷、在各种呈几何图案的屋顶及老树盘曲的枝干上，玉色皎洁——未曾被金戈铁马的清雪大军所荼毒。由于岁末又逢周末，案牍劳形的小吏被官长赐福般提前特赦，而不必苦挨到下班时间披星戴月回家转——这是2016

年的最后一个工作日，12月30日，星期五。下午4点钟有电话及时雨般告知可以下班了，下意识按下手机，显示时间是16时。撂下电话办公室里一阵喜悦的忙乱。把手里正起草的文件，存盘，关机。把摊了一桌子的资料文件归置好，把为迎元旦联欢会准备的歌单顺手夹在看了一半的书里。喝干杯里的残茶，取出杯底的茶叶，放在早晨上班路上顺手接过的印有英语培训小广告的塑料袋里，折叠好，免得有残液渗漏，装入手提袋。脱掉单鞋换上皮毛一体的平底靴。穿上羽绒服。绕上大毛围巾。对着柜门内侧镶嵌的巴掌大的镜子戴好帽子。关掉电源。与办公室的同人们互道再见。W说，明年见！X说，2017年见！我嘴里应承着，竟有一阵的恍惚。忙忙碌碌中，不知不觉就又是一年了！一年又一年。一年又一年。不过是随着地球茫然地旋转罢了！走廊里杂沓的脚步声迭起，迫不及待回家的人一边忙不迭地往外走着一边道别，是礼貌性地彼此打着招呼，也是向正在起身的2016年道别。

　　下班路上，不紧不慢，恰好赶上欣赏这幅枯树寒雀图。

　　这株老榆树于我有着地标的意义。每天早晨走过冗长、喧嚣、狼奔豕突的中山路，终于拐进这条相对幽僻的小巷，早早地老树便在路旁候着我了！春天挂一嘟噜一串子晃眼的榆钱儿，夏日蓄着满树的浓阴，秋天飞着漫天的落叶，一片片，一层层，一秋，又一秋。冬日的早晨，我们彼此照面，寒暄，老树用他的肢体语言，树枝在风雪中摇摆；在没有雾霾的早晨，蓝天衬着他的高大萧疏的身影，树梢往往堆叠着白棉花似的朵云或缭绕着纨素般的流云；他欢欣地以此静美的画面向我致意。我则老朋友般远远地报之以会心的微笑。不过今年这样敞亮的日子愈来愈少，雾霾天愈来愈多。他在浓烟浊雾中满面愁容，我则把自己的凄苦的表情藏在厚厚的口罩后面。

　　冬日黄昏时，我们极少会面。彼时，我被困在办公室里，为那可怜的五斗米，我的腰，一折，再折。世上确无陶渊明，老树知道，我也知道，陶渊明死了一千多年了。不会再有。

今日因了岁末兼周末，遇赦般，踏着残阳，我们得以彼此端详（不比平日，下班时已是暮色沉黑）。老树给我备了这幅雪色寒雀图。我长时间驻足。细细观赏。直至被尾巴排着毒气鸣声凄厉的四轮怪兽的锯齿獠牙撕碎。

怔怔地，对着飞尽寒雀而显得孤寂的老树发了一会呆，才怏怏离去。

晚餐没有膏粱厚味。玉米面发糕薄切片，在电饭锅里烤一烤，一会儿就有一丝焦香气绕过来拉扯你，切断电源就可以了。白菜心淘米水中浸泡一刻钟，去去化肥农药以及甲醛——据说为了蔬菜保鲜，淳朴善良的菜农及商贩们不惜血本，把卖给我们的蔬菜用甲醛体贴地沐浴过。他不惜的是他的本钱，和我们消费者的血，是谓"不惜血本"。白菜洗净上笼屉清蒸。不用任何调味料。出锅后装盘，鲜酱油蘸碟，佐餐。清蒸后的白菜绵软，汁液丰沛，有淡淡的清甜。搭配烤得金黄焦香的发糕片儿，外加一碗热气腾腾的甜豆浆，感觉恰恰好。

就寝前把白天在办公室里喝剩的残茶从塑胶袋里取出，放在足浴盆里物尽其用，一会工夫足浴盆内的水便呈温润的浅褐色。辛劳异常一步一步丈量漫漫上班路的双足，在温热熨贴的茶汤中，得到了最温柔的抚慰。

此为2016年12月30日，星期五，最后一个工作日的实录。

2016年的最后一日，12月31日，是星期六，除了吃喝拉撒，午时，静坐43分钟外，其余时间我都坐在计算机前敲敲打打记录下这些文字。

时闻"再见，2016的告别语"。实则，我清楚地知道，2016是永不能再见了。他已走进了历史。就在刚刚。十分钟前还是2016年的12月31日，就在我临屏抒写，忽感口渴，起身到厨下烧了点开水沏一杯茶的当口，再次返回计算机前时，微机下方时间已显示为0：12分。我这不足4000字的小文横跨了2016年与2017年。忽涌莫名的感伤。时光是什么呢，是转轮吗，日一圈，月一圈，地球自转的同时还绕着太阳上气不接下气地跑。跑得让人心疼。跟着日月星辰奔跑的脚步，跑着跑着就有人跟不上了，掉队了，如我那去世前两天还骑着自行车满街溜达的精瘦干练的爷爷、每次去看望二老都送我走出深巷在我一再劝慰下才止住步、走出老远回望时仍在寒风中目送着我渐行渐远的背影的奶奶——我瘦削的背影烙着她的目光，她微胖的身影烙在我的心上，距今有足足20多个春秋了！拐进小巷，推开柴门，踩着咯吱咯吱的积雪从那一溜齐茶盏粗的白杨树中穿过，橘红的灯光中，只要瞭见我的影儿，随着木板门吱扭一声，一股热气涌出，总是穿深色斜襟罩衣的奶奶微胖的身影便出现在我面前，伴着那声亲亲热热的招呼"我东儿回来了"——言犹在耳，却已隔绝20余年了！不再闻！永不再闻！那一声牵心连肉的问候！

时光它带走了一切。

2016年也如是。

时光它也带来一切。

2017年应如是。

给予，然后又无情地剥夺。这就是时光一玩再玩的把戏。他乐此不疲，看你我被玩于股掌之间。

东坡在《和子由渑池怀旧》中感叹道：

人生到处知何似，应似飞鸿踏雪泥。

泥上偶然留指爪，鸿飞那复计东西。

老僧已死成新塔，坏壁无由见旧题。

往日崎岖今记否，路长人困蹇驴嘶。

一样的感慨，一样的伤怀，我却不觉得人生虚幻如"飞鸿踏雪"，而是被日月的轮盘裹挟、被时光的魔掌轻亵、被岁月的刀锋凌迟。

是卸下一切负累的时候了，蜿蜒而行，攀爬争高，坠亡是迟早的事，何必呢。挥慧剑，碎缧绁，跳出三界，莲花台上静观，三千大千世界也不比指尖轻拈的那一朵金婆罗。

几见桑田成沧海，佛衣不染半星埃。

如是，再愚痴的人也会皈心低首吧！

尘世已如此不堪。

缀上一笔，2016年的最后一天，依然是个日色无光的雾霾天。

九九消寒图，已描到了"前"字上面第一笔"点"与第二笔"撇"。第一笔描于几小时前的2016年的最后一天，第二笔描于几小时后的2017年元旦。

接下来的日子我将正身净意，指实掌虚彤管在握，于横平竖直点画撇捺间，婉转回环，珍重待春风。

翡翠胎记

壹

雨润江南。蒙蒙的烟雨笼着湿漉漉的一弯流水，水面上荡着一只乌篷船。桨声欸乃激起活泼泼的水波明闪闪，与水面淡墨也似的幽幽的暗，呼应着衬托着，有若清亮的领唱与低沉的合声；又似松枝上灿然的积雪与苍黑老干。雨丝风片的对岸，远山一痕若隐若现。

梦里水乡，不舍的江南。仿佛人生舞台的布景，生命的喜怒哀乐悲欢离合都在这里上演。一幕一幕的曾经，在生命的深处。追索到前世逶迤至今生。

而这只翡翠手镯就这样把乡愁也似的江南梦幻般的呈现出来。挂在腕上，与之肌肤相亲交相辉映以至血肉相连。不是妖童媛女的华服丽裳可以脱脱换换，不是头上的饰物痛痒无干，而是像五彩晶莹的玲珑美玉之于怡红公子那样与生俱来，像胎记。

她的温润，吴侬软语似的婉转；她的莹澈，是谁的明眸潋滟，西湖太湖还是鉴湖？她的绿意盈盈，简直就是草长莺飞二月天了，以此类推，便是粉墙黛瓦，一夜听春雨，明朝深巷卖杏花。

胎记，就是烛照前世洞彻今生的一只慧眼。成长，不过是对尘封记忆的一种唤醒。人之初，混沌未开，一如盘古诞生时的宇宙，混混沌沌，混混沌沌，宇宙不过是一个硕大无朋的巨型卵。盘古氏就在其中孕育成长。然后，他用巨斧把这一团混沌劈开，轻清者上浮而为天；重浊者下凝而为地。从此才有了日月星辰河流山川。

宇宙的生成如是，微如草芥的人亦如是。人体本是个小宇宙。我们每个个体生命的诞生成长的过程莫不是宇宙生成的微缩或称之为模拟。

回忆人之初，我确切的忆起那种感觉：混混沌沌，云里雾里。成长不过是唤醒沧桑的过程。血肉之躯与寄存其中的灵魂，不断受到外力的冲击，甜蜜或疼痛；还有来自形而上的阅读。阅读，打破时空颠倒主客追本溯源思接千载。它是魔幻世界里的时光机器，小小的一个按钮轻轻启动，就可亲历秦时明月汉代关山。子弹炮火是暴力延伸的手臂；钓竿刀斧是渔樵涉入陌生领域的有效工具，阅读也是。给我这个支点，小小寰球就急速逆转。赖于此，满不盈百的个体生命才得以与上下五千年相对峙。在我们诞生前，这个世界就这样云谲波诡，忍不住掩卷长叹。但我们决不是无聊的看客。怦然心动。热泪长流。壮士般扼腕。同样的历史风云一定也曾撕碎过我们的青丝、战袍，还有手中的猎猎旌旗……都如退潮后的岛屿，一一浮现。

蒙昧的孩提时代，对着那一张中国地形图发呆。也知道黄绿相间只是对陆高海深的标识，与通常的色彩含义无涉。却对着春草萋萋的绿油油的长江中下游平原，不可救药的一往情深。发源于唐古拉山脉的万里长江，只有流到这里才温润起来才诗意盎然才格外的令人魂萦梦牵，唐诗宋词就如那点点白帆——而生命中的那双慧眼，已在岸上眺望千年。

生在蛮荒的塞外，二十岁前的江南只在梦里花落花开，却莫名其妙地沉浸于越剧的小桥流水，如闻天籁，如聆乡音，句句都透着亲切。从徐玉兰王文娟的《追鱼》《红楼》到袁雪芬的《梁祝》，百听不厌。在流行音乐一手遮天的当下，若听到那珠圆玉润的唱腔，便被施了魔法般立刻停下一切手头工作凝神谛听：沾满肥皂沫的手不再在搓板上发出哧哧的声音，而是静默的搭在围裙上；吱吱作响的油锅不再尖叫，锅底的火焰停止舞蹈；窗外满天的大雪幻化为粉糯的江南雨缠绵不已。

　　云笼雾罩的远山总是充满连绵神秘之美。没有人能怀疑山里面住着神仙。象形的汉字告诉我们，"仙"字本就是"山人"。远山美而媚惑。把意念中的美无限夸大延伸，把坎坷泥泞一再折叠，直至忽略不计。美，美得望山跑死马，美得望眼欲穿，肝肠寸断。痛而甜，如包着糖衣的药片。如新娘初夜的白绫上殷红的玫瑰。江南就是我的远山。

　　没有疼痛的甜蜜，太浅太薄。如白糖水，除了幼儿没有谁嗜之成瘾。烟，酒，茶，才令人深陷其中不能自拔：刚刚铸成的兵马俑还没有经过两千年漫长岁月的打磨；河豚去了毒咖啡没有了令人吐舌的苦；华美的罂粟不再分泌欲仙欲死的汁液——原来是苦使甜熠熠生辉。

　　雪清底儿的靛蓝碎花小袄，介于唐装与时装之间，既有古雅的韵味，又不失流行的时尚。裹着小蛮腰，在尘世妖娆。

　　我把自己想像为水秀山清的江南女子。曾有珍珠一样的眼泪花瓣一样的青春，在那片土地上缤纷。

　　在油纸伞上反复吟哦平平仄仄，霈雨如珠；彳亍的脚步敲击着狭长的石板路，幽幽暗暗；紫丁香，目含露眉笼烟，一树一树。

贰

　　江南，我意念中的远山，你无疑是那山里的仙人，光华夺目。

她的水软山温原来是你的胞衣。

碧水含珠，青山蕴玉。

对山水的讴歌，暗含甜蜜的指向。

江南，只是包裹我前生眼泪与花瓣的层层锦缎。

叁

枝枝嫣红朵朵生香瓣瓣含情，是桃林逢春的那一瞬。不能像枯木一样参禅入定——一念不生，万缘皆断。任桃飘，任李飞，拥红堆雪，只好把繁华轻轻覆盖。终是无悔。

肆

时光腐蚀一切，却并不像想象的那样完全彻底，胎记就是明证。

时光分明留有一扇秘密通道，以供痴绝者的灵魂翩然出入。

我与故乡的量子纠缠

壹

对故乡，或者说家乡，似乎没有足够的阅历便没有资格谈或写，即便说了、写了，也未免流于浮泛。譬如少时的作文，诸如《我的学校》《我的家乡》之类，毕竟是小儿口声，不足为凭。时下有句流行语，什么出走半生，归来仍是少年，说说而已，怎么可能呢。当年自己离家时确实是懵懂少年，及归来也，两鬓飞霜，身心俱疲，而情商却未见加增，无端把岁月空添，到头来仍是一事无成。

少时作文，只要涉及家乡，前面的定语多半是"美丽的"或"可爱的"，这些轻飘飘的修饰语，轻的比那时的年纪还轻。忧患中年，再语涉故乡，比如此刻，泪水已经不由自主地蒙上了双眼，一滴一滴的眼泪不听话地掉下来，掉下来，冲走了一切言词。故乡于我，早已无关乎她外在的美丽与否，甚至富庶或贫穷，而只与眼泪与疼痛紧密相连。

古语说的好，故乡，乃父母之邦。父兮生我，母兮鞠我。曾经的归乡啊，离家远远的，便搭见父亲的身影在大门口张望，或走出老远，在我必经的路口等着接我；虽然已有弟弟到车站代劳——实际上省城离家并不远，回家我也多是轻装，并无过多的"辎重"。从知道我回家的消息爸就在惦念了。屋里是坐不住了，不管阴晴寒暑。板寸，根根森立，覆了一层清霜，透着一股子倔强。黄褐的面庞，隆准，薄唇，上唇一字形短髭。这熟悉的面容说起来真是久违了，久违了！快有二十年那么久了！每次回家，门口等我的一定是父亲，没有例外。有了小侄女儿后，父亲身旁多了个小木偶，或者说身后拖了个小尾巴。一老一小，一黑一白，老的老天真，小的小可爱，画面感很强，萌哒哒。侄女儿不黏她奶奶，奶奶天天有忙不完的活啊，屋里屋外，炕上地下；外加来来往往的学生。（母亲退休后开了一个书法班，天天忙得很）。故而，小侄女儿只贴树皮似的贴着她爷爷。母亲若不在书法班上课，则必在厨房忙上忙下，灶上或蒸或煮，煎或炒；灶下还得照看火。一进门就热气腾腾，水蒸气遇冷凝在母亲额前略微有些卷曲的发上，湿漉漉的。那时母亲的发还是深黑色的。

贰

如今城市的建设一日千里，小城的步子虽说慵懒些，变化也是惊人的，只有在变化的"缝隙"里，尚有旧迹可寻。回到小城，总不免这走走那逛逛。十字街。百货商店。文化馆。妈妈教了一辈子书的小学校。爸爸的单位。至少那字号还都在。在在处处都是儿时鲜活的记忆与父母的影子，交互叠映。在故乡，时间不再是一条铁面无私匀速运动的射线，而是随时可以停下步子来：逗留。疑犹。盘旋。顾盼。乃至回溯。过往与当下：重叠。纠缠。濡染。渗透。侵略。甚至，相互修正。令人迷离倘恍。有时又感觉故乡又像一台打印机——有谁的生命不是从一张洁白的 A4 纸出发，在这台"打印机"里最先印下童年的影像，以及欢乐，悲伤，梦幻，或憧憬；其后的岁月，这张印有童年肖像的纸被掌控生命的神反复使用———位多么节俭、节俭到有些吝啬的神啊！在水一样清澈的童贞的脸上覆盖上青年的激烈与愤怒，中年的贪欲与疲惫，以及必将到来的老年的沧桑与忧伤。

而故乡无疑是童年的主场。不经意的一条老街、一栋老宅子、哪怕是旧址新楼"物非人亦非"，也不能减损其"显影剂"的功能。刹那间，头角峥嵘的青年隐去了，焦头烂额的中年也模糊了，童年天真而羞涩的微笑，倒扣的抽屉般从时光的底层清晰地浮现出来……

叁

破败的老宅早已卖给了别姓。然小城民风淳厚，不像大城市人情淡薄，彼此戒备，隔绝。见大门虚掩，连喊两声有人吗有人吗——一会儿，从里面传出来老婆婆一声苍老沙哑的回应；半晌，伴着一阵笃笃笃的声音，一身靛青袄裤的老者，拄着拐棍，伛偻而来。弟弟赶紧上前做了简单的自我介绍，说明来意，老人家忙不迭往院里相让。进院，回手带上大门，恍惚间自己还是这个宅子的主人。这黑铁大门还是那年暑假我从学校回来与父亲一起张罗的呢。呵呵，这样说未免有抢功的嫌疑，说我也是有幸参与还差不多。至少在大铁门竖起之前，从清晨到午后，黄天暑热的，我也是揎拳掳袖，与父亲轮班儿，拿了铁砂纸，沙沙沙，沙沙沙，不停地打磨铁门横梁上的铁锈，大汗淋漓；打磨下来的铁锈沫子飞了一身，耳膜被沙沙沙的声音都快磨穿了。相比较这个生铁大门，我还是更怀念先前换下来的那个木栅栏门，那才是真正的柴门呢。齐腰高（以成人身高为参照物），木本色，未髹漆，更符合我们这烟火人家的平民本色。年深日久，有些变形了，不复是端庄的长方形，而是吱吱呀呀歪斜成平行四边形，出来进去回手带门，如果不特意往上抬一下，门扇的上方与门框是合拢了，下面却还裂着个三角形的大口子，等咕咕咕的芦花鸡、跩起来高一脚低一脚扭着屁股的老鸭儿，在外面野够了，不用屏住呼吸压缩身子，一前一后紧跟着就从下面的裂缝钻进院来。咕咕咕，嘎嘎嘎，既像鸡同鸭讲，又像鸭同鸡讲。

这扇不起眼的柴门更是我这个无知少年的作品最初发表原地。年终岁尾，白雪漫天时，我把远隔千里的江南的春色，翠竹、梅花、碧草等等从古诗里搬出来，虚拟出满园春色——或坐在写字台前或趴在火炕上，在用过的练习本背面，涂涂抹抹，拟成春联，而后报喜似的给爸妈看。基本上我是可以获得父母的赞誉——甭管写得好歹，父亲都高声叫好，母亲更是用喜滋滋的目光无声地鼓励我，那意思是说，我姑娘真行！这时我便不知天高地厚地飘飘然了。于是，腊月29妈妈忙得也差不多了，便开始着手写春联。脸盆里净了手，手心里特意多打点香皂，丰富的香皂泡沫洋溢着那种说不出来的香香的味道，驱逐着厨下咕嘟咕嘟的肉锅里的腥气。摘了围裙，抻抻衣角，对镜理一理有些纷乱的头发——煎炒烹炸的厨娘倏忽变身为寒门"掌书仙"，"李先生"写字，还是蛮有仪式感的。（这是爸爸送给妈妈的"封号"。当然是因为妈妈姓李喽，自然是由于妈妈这教书先生的身份喽，因此爸爸就称妈妈为"李先生"。一开始只是他酒醉微醺的时候这么说，如，"李先生"来来来，看看这个咋样；或是"李先生"快来帮忙，快点，"李先生"。随着爸爸与杯中物的日益亲近，这"李先生"出口的频率也越发地高了，习惯成自然，这"李先生"由父亲的一时兴起一来二去便成为父亲对母亲的固定称谓。）窗外，暮色沉黑，大雪漫天，北风呼啸，窗内，橘红的灯光下，炉火金红，暖意融融。在地中央支起的大大的圆桌面上，写对子的大红条幅已经按柴门的长短比例裁好，父亲抻纸，弟弟研磨，我拉着小妹围观，免得她捣乱。看妈妈把笔沾墨，在大红纸上笔走龙蛇。那年的对联我胡诌了些什么呢，上联忘记了，下联还记得，是"白雪迎春趣未穷"。之所以下联记得这样清楚，是因为妈妈帮我修改过。开始我给妈妈看的是"白雪迎春趣味穷"，妈妈说，你要表达的是什么意思呢？我说我们北方用漫天大雪迎接春天，也很有趣啊！也别具一格呀！妈妈说那这个"趣味穷"告诉读者的，却是没什么趣味的意思，这不和你的本意相反了吗？我皱着眉毛，想一想，也是啊！这样好不好，只改一个字，由原来的"趣味穷"改为"趣未穷"，你再琢磨琢磨看。妈妈这一说，提醒了我。噢，我想起来了，有一首咏菊的古诗，有这样两句，"花开不并百花丛，独立疏篱趣未穷"，他这里就用的"趣未穷"，结果我用在对子里，写成了"趣味穷"，意思全拧了。要没有妈妈把关，估计我的春联就该闹笑话了。这都是有关柴门——这个黑铁大门的前任的陈年旧事了。

　　迨进得屋来未及落座，趁弟弟与老人家寒暄的当口，我便情不自禁地环视起四周来。嗯，房子格局是一点没变，地面不过是由曾经的水磨石与时俱进为复合地板，墙也不再是粉刷的石灰水而是贴了壁纸，仅此而已。真该感谢它的新主人，让我依稀可见往日痕迹。尤其是厨房与里屋之间的隔断，分明还是原来的木框窗子，连奶油黄的油漆，都未曾改变似的。我着意用手摸了摸，看着指上的浮灰，仿佛几十年的光阴，也不过这薄薄的一层。有如神秘的盲文版咒语，手指轻触，便回到童年。童年的眼睛里映出风华正茂的父亲，那时他最多也就30出头吧。早晨要上班出门，头戴时髦的橄榄绿军帽，许是戴得略有些偏了，被母亲叫住。然后是同样年轻的母亲"出镜"——穿着那件爸爸出差给她买回来的松绿的套头毛衫，外面翻着白色的小方领，嘴里叼着黑色的发夹，米黄色的木梳插在梳了一半的浓密的"大波浪"上，腾出手，赶过来帮爸爸正冠；而后上下打量了打量，又帮他挂上中山装脖领上的领钩——那一刻父亲就像一个安静的孩子。那该是三四十年前的画面了，清晰如昨。仿佛我们再多耽搁一下,就会遇见下班回来的父母,脚前脚后,推门而入。

真不敢相信啊,父亲一晃都已离开我们有18年那么久了。母亲在父亲走后就随我们姊妹移居省城,因此对这座故乡小城,我也是多年未归了,有些陌生了。弟弟说,陪我再各处逛逛。想去哪?

肆

十字街仍是小城最繁华的所在。坐落于十字街四个角上的四座商城,便是小城最热的商圈了,人群熙来攘往很是热闹。许是隔绝久了,我说,我都有点转晕了。不至于吧,巴掌大的地方。还认得出寒假咱俩总跑的那个西南拐角——你是说原来的土产商店?脑海中画面一下子就切换到大雪纷飞的场景。寒假里,大人都上班了,只有我们姊弟俩在家淘气,没说没管。那时我也像男孩子似的着迷炮仗,大的不行,还是有点怕,小洋鞭正好,身段秀溜,响声也相对温柔,我玩这个。只要有一点零钱,我和弟弟就怀着万分的喜悦,颠颠地送到这儿,我换我的小洋鞭他换他的二踢脚。那时候这里的鞭炮很少成挂卖,至少对我们这些孩子是这样。大伙都穷啊,买不起。反正我们小孩子都是一个一个地买,从寒假开始攒,集腋成裘,到过年也足有可观。那年月,连孩子的快乐也是点点滴滴,细水长流的。眼巴巴把揉搓得皱巴巴的票子或哗啦作响的硬币翘着脚递上去,换回红彤彤喜洋洋的小洋鞭、几个威武的二踢脚,小心翼翼地揣在怀里,就像揣着一个春天。路上,大雪纷飞,冷风刺骨。姊弟俩戴着厚厚的棉帽子,大围脖,嘎吱嘎吱走在雪地里,小脸儿通红。一会儿额前的刘海儿与帽子围巾上就挂了一层白霜。

童年,春种一粒粟,待回忆时便秋收万颗子了。儿时困窘中来之不易的小快乐,人到中年的姊弟俩回味起来如获一本万利。再仔细打量下眼前热热闹闹的商业楼,对比下曾经的土产商店那几间平房,变化可真是太大了。这儿是原来的一商店,你转向了,那边才是西南拐角。弟弟往斜对面扫了一眼,嘴角有了几分讥讽的味道。

哎,我真不愧是路盲,在童年闭着眼都能找到家的十字街竟然也迷糊了。弟弟说,将错就错吧,进去逛逛。厮跟着抬脚迈进现今的百货大楼——曾经的县一百,忽而心头一震,劈头便撞上一个七八岁的小女孩——那个岁月深处童年的自己。

也是这样一个初夏的早晨,在店门紧闭的商店门前急切等着开门。攥着花花绿绿的毛票子的右手揣在花上衣的贴兜里,手心里都沁了汗,湿漉漉。昨晚一夜未曾安睡,梦里都梦见了小伙伴春妍头上那枣红色的有机玻璃发夹。早晨一骨碌爬起,摸摸头。咦,那枣红色的有机玻璃发夹呢?明明刚才还戴在头上呢?哪去了呢?哪去了呢?掀翻了被子找。

当穿蓝大褂的店员哐哐地卸下闸板儿,初升的太阳把金光明晃晃地照在玻璃柜台,小女孩终于把日思夜想的发夹美滋滋戴在了头上,就像把一弯彩虹戴在头上一样美。那样的美感是今天的一切珍宝珠玉都比不了的。我的眼里再一次噙了泪,伸出手试图去摸一摸小女孩头上的那一段彩虹,却扑了空,就如那曾经的小女孩翻开被子寻找那梦中的发夹一样,可气又可笑。恰似神魂离体,以超光速逆流而上,回溯过往,快马加鞭,追赶上自己的童年,痴痴地等在未曾开板儿的商店门前,以第一拨顾客的身份,率先跑到琳琅满目的柜台前,热切地张开紧紧攥着的有些酸痛的右手,奉献出带有体温的汗湿的票子,去置换理想的彩虹,顶在头上,蹦跳着,嬉笑着,不识烦恼与忧愁。小女孩走的那样急,超光速的神魂都被甩在了身后,慢慢地只看到前方彩虹的一弯辉光,一跳,一闪,一跳,一闪,便消失了。

消失在无尽的岁月里。

伍

  童年消失了。童年所依傍的父亲也消失了，消失在 18 年前那个风雨过后蔚蓝澄明的秋天里。真是岁月不饶人啊！就连眼前弟弟的发上也都有了星星点点的雪花白。今年春天谷雨这天，亲爱的母亲也离开我们去天堂与父亲团聚了。回家奔丧那天，一跨进大门口，恍惚间分明看见父亲拄着手杖坐在当院，晒太阳。另一只手拿着刚打开的柴房的锁，嗔怪我们这么好的天儿，也不把柴门打开通通风见见太阳，柴都捂霉了。待我要赶一步上前招呼那一声"爸"，却倏尔不见。当下泪如泉涌。

  这该是 18 年前的画面，那是父亲在尘世的最后一个夏天。是啊，18 年前的秋天，我们失去了父亲。尽管痛断肝肠，毕竟还有母亲。有母亲就有家。现在连母亲也走了，家彻底空了。母亲去世百日祭扫，惊见父母坟上已是成片的青青墓草。

  姊弟相对，泪眼对着泪眼。无父何怙？无母何恃？儿女们真的是辞根散作九秋蓬了。

  幸好还有故乡。还有长眠于一方热土下的亲人在年年春风岁岁秋雨中把我们召唤与牵绊。

陆

  故乡。我疼痛的故乡，悲欣交集的故乡。青年时竭力挣脱与背叛的地方。中年时夜夜梦回与精神皈依的地方。

  她，在游子的心中，无可替代；她，就是唯一。

  没有拓片与摹本。

  乡愁的缠绵，是那超越时空、跨越生死的量子纠缠。

代后记：一袭风露半裾春

譬如吧，我刚打春天的花园里来，不管它红日将圆晓风如水，自顾自约柳分花惊散飞鸟，全然不惜碎钻也似的露水打湿了金缕鞋……咳！即便我规规矩矩不攀一花不折一柳，轻轻巧巧出来掩了柴门，你我乍然陌上相逢，大约你也猜得出我从哪里来——满身风露一袭花香，藏也藏不住呀，更待何言！而久处鲍鱼之肆，从发丝到衣履，哪怕洗了又洗，接近你的人不好当面掩鼻，可也知晓你的来处。

这几乎是个俗而又俗的隐喻，却也无可辩驳，落实到具体而微的文章的风格或味道上，如此这般追根溯源，也定然错不了。

聊斋里有一篇，说一奇人单凭鼻子在稿子上嗅上一嗅，就可判断文字之优劣，或为芝兰或若腐鼠，如何能骗得了嗅觉灵敏的读者！

这还是从文字的表象上说。就其内在精神，则如魏文帝曹丕所言"文以气为主，气之清浊有体，不可力强而致"。我读有些人的文字，或骨骼清奇或词采华茂或俗不可耐或浊臭逼人……不一而足，优劣立判，还用得着见作者吗，你的文字早已暴露了你灵魂的模样！

不弹"文如其人"的老调。但我相信出自谁人之手的文字，都是作者的全息影像。

不嚼别人的舌头，单说说我自家"作坊"出产的东东，有读者留言语带讥讽，"太深奥，没看懂。处处用典，不过感觉作者特别有文化吧"！用网络语言调侃下便是"我也只能呵呵了"。

我还真不敢"装"有文化，在生活中不敢，在文字中更不敢。就此读者留言的那一篇，我还认认真真仔细瞧了一遍，哪里有什么"典"哟，你以为是稼轩词呢，句句有典，切！吾文中化用的所谓的"典"，不过是顺手拈来，范围都未超9年义务教育的课本范畴，分明是文学常识好不好！由此可见，我们文化断层太厉害了！自"五四"以降，随着新文化运动的浪潮一浪高过一浪，砸碎了以"孔家店"为首的旧文化，提倡白话文，一路下来，历经"反右""文革"，终于"斯文扫地"文将不"文"了，我们的"文"与"人"都愈来愈"白"，是"面色苍白""贫血"，明摆着是"营养不良"嘛！乃至有堂堂名校之长在与海外学者交流时捉襟见肘白字频出，真是羞煞人也！

是该我们反思的时候了！我们不动辄称自己是拥有"五千年文化"的文明古国，那我们对自己的历史与文化了解多少？又是通过怎样的"路径"来认识自己的文化与历史呢？是通过《甄嬛传》与《芈月传》吗？如果我们读不懂自己的文化原典，又何谈继承与发展……这似乎该是"肉食者谋之"的，作为一介草民，说这些可能纯属狗拿耗子或杞人忧天，然而，说出的话等于泼出的水……谅不至于就此被请喝茶吧！

我还是埋头于自己喜欢的文字，并在自己的文字中践行着这一理念——从我们悠久的历史文化中汲取营养，化作笔下文字的血肉，呈现于当下的读者乃至未来的读者面前……原谅我这自不量力地美好理想……并力争使业已被我们冷落了的传统文化的优秀因子，鲜活于自己文字的小宇宙里，如茶遇沸水，使卷曲干枯的叶子在水中复活、返青、舒展开修长的腰身、袅娜出幽幽的香气……

"抛却自家无尽藏，沿门持钵效贫儿"，每当我这不合时宜的被前卫者目为腐朽没落的国粹派，读到某些通篇翻译腔的文字，或白得貌似一两二锅头兑了半斤自来水的文字，这句老话便幻化为一幅漫画般浮现于眼前。如果我的文字还有一二稍可娱目，他们无疑得益于那"无尽藏"之一枝一叶罢了！

打从春天的花园里来，即便空手而归，举手投足间也散发着淡淡花香——阅读与写作的关系，也是这般吧！

写作，在网络时代统称为码字儿，要多轻慢有多轻慢，这态度先是来自读者，继而作者们也自嘲起来。然而在魏文帝曹丕眼里却无上崇高，"盖文章，经国之大业，不朽之盛事"，又感慨"日月逝于上，体貌衰于下，忽然与万物迁化，斯志士之大痛也"，只有写作这件事可以与无坚不摧的时间相抗衡！"寄身于翰墨，见意于篇籍，不假良史之辞，不托飞驰之势，而声名自传于后"！作者的肉身可以湮没无存，然赖有文章传世，足以辞赋悬日月江河万古流了！

苇杭自不量力以此自勉吧！

白话就是"撸起袖子加油干"！嘿呦嘿呦！

呵呵。